动物

Animals Strike Curious Poses

奇形录

[美] 埃莱娜·帕萨雷洛 著

Elena Passarello

成黎 译

广西师范大学出版社

· 桂林 ·

著作权合同登记号桂图登字:20－2018－228 号

图书在版编目(CIP)数据

动物奇形录/(美)埃莱娜·帕萨雷洛著;成黎译.—桂林:广西师范大学出版社，2022.8
书名原文:Animals Strike Curious Poses
ISBN 978－7－5598－5037－9

Ⅰ.①动… Ⅱ.①埃… ②成… Ⅲ.①随笔－作品集－美国－现代 Ⅳ.①I712.65

中国版本图书馆 CIP 数据核字(2022)第 104282 号

动物奇形录
DONGWU QIXINGLU

出 品 人:刘广汉　　策划编辑:尹晓冬　茹婧羽
责任编辑:刘孝霞　　执行编辑:茹婧羽
装帧设计:大　福　　营销编辑:姚春苗

广西师范大学出版社出版发行
(广西桂林市五里店路 9 号　邮政编码:541004
网址:http://www.bbtpress.com)
出版人:黄轩庄
全国新华书店经销
销售热线:021－65200318　021－31260822－898
山东韵杰文化科技有限公司印刷
(山东省淄博市桓台县桓台大道西首　邮政编码:256401)
开本:890 mm×1 240 mm　1/32
印张:9　字数:198 千字
2022 年 8 月第 1 版　2022 年 8 月第 1 次印刷
定价:68.00 元

如发现印装质量问题,影响阅读,请与出版社发行部门联系调换。

献给“比萨老鼠”。

开玩笑啦，献给大卫。

年复一年，

猿的面具下

露出了猿。

—— 松尾芭蕉

目 录

尤卡

Yuka

猛犸象

距今39 000年

更有趣的是，有迹象表明人类可能在进化早期阶段就开始了杀戮。

——丹尼尔·费希尔（Daniel Fisher）教授，2012

他们曾在这儿！

——埃利埃特·布鲁内尔（Eliette Brunel）在肖维岩洞的留言，1994

石头般坚硬的土地上，他发现了那头猛犸象。

她[1]就躺在这片大陆的最高处，临着的那片海每年七月开始消融，到了九月又会结冰。是一个象牙猎人发现她的，先是看到了一块岩石，再辨认出嵌在那岩石里的形状：脚，干皱的侧腹，和一只空洞的眼睛。她倒挂着，在半冻的岩壁上，长长的鼻子沿着峭壁往下伸着，就像一根粗重的链子。

很快，他就发现了——就像是被施了某种古老的魔法，她还是毛茸茸的。金红色的绒毛附在她的脚、臀部还有支撑着她的岩石上。绒毛又厚又亮，就像折扣店里小洋娃娃头上淡淡的赤黄色头发。那个把她从永冻土层中一点一点凿出来的猎人——名字应该是瓦西里——并没有说起他是如何做到的。但不管他用了什么方法，都显得太过轻易了。三万九千年被切下，应立一座纪念碑来留念。但瓦西里只是从自己身上取下一只银耳环，用力地插进了这片正在融化的淤泥中。

① 为契合原文，本书翻译保留对动物拟人化的人称代词。本书注释除特别注明外，均为译者注。

要搬运那块将她保存了千年之久的大岩石，无论选择哪条路都需要四天时间。瓦西里叫来了一组人，将她小心翼翼地绑在一辆机动雪橇上，这才上路。雪橇从尤卡吉尔地区驶向拉普捷夫海和乌斯季库伊加村之间的某处，即使夏日的气温将雪融了融，但车速依旧缓慢。倒是她抵不住这热量，身体松弛下来，过了三天后体温几乎接近活物。在世界上最冷的城市以北九百米的地方，他们终于将一直拖着她的石板停在了一个隐秘的冰洞里。他们就这样马不停蹄地从一个极寒的地方换到另一个，等待一个出价最高的人。

瓦西里和他的同伴猜测，任何一个二十一世纪的人类——或是科学爱好者，或是象牙掠夺者，或是冒险狂热分子——爬进洞穴，扯下包裹着她的蓝色油布，第一眼看到这头来自更新世的毛绒动物时，都会动心。在一个结着冰的山洞里发现一头猛犸象，是一件多么让人兴奋的事情。语言的发明要远远晚于人类的思想和经验，也晚于猛犸象。“毛茸茸的猛犸象”这一意象在人类的大脑中，几乎与时间同义，甚至超越了“时间”这个词本身——毕竟人脑对时间的理解有限，连几年的记忆都不牢靠。很少有人能切身体会一个世纪的长度，而能感受十个世纪的大脑即使是在梦中也少之又少。问一问你的大脑，有什么记忆能在一百年过后依然确之凿凿、触手可及？更别说四百个一百年了。

因此，一头冻结的猛犸象有更多的意义，她不只是那头躺在洞里、靠着石板、圆脚朝上的阴郁的死物，不只是我们隔着手套来回抚摸到的火红色毛绒，或轻拍着的弯成号角模样的鼻子。我们的手套继续在她的身体上游走，沿着螺旋形的侧腹会发现一个巨大而奇特的伤口——这是什么造成的？不是牙齿，不是爪子，而是某种锯齿状的工具，那种可牢牢抓在对生拇指里的手握式工具。

在构成我们这个世界的所有图像中，动物图像早就深藏在人类的记忆中。在我们还不知道他们叫什么的时候，甚至在我们还没有完全看清他们的面貌之前，我们就感受到了他们的召唤。就好像一直以来，他们就在我们身体的某个隐秘之处等待着，披着粗略的轮廓；就好像人类的大脑早就看过了每一种动物，将他们的形象全部吞进了记忆中。我们最终找到了他们大致的模样，穿过山，透过云，就像在通灵板[①]上显现一样。我们用脚在泥土上刨出他们鼻子的弧线，或是用手边最锋利的工具在木头上刻出他们的样子。给我们一根棍子，我们就能画出他们。在草原上找到一只被丢弃的鹿角，我们就能凭借那角尖锁定他们的居所；我们还曾用一块石头不断敲打洞壁，直到刻出一头牛的样子。我们还将他们的模样赋予万里夜空，手指星辰：看见了吗？他们在一边奔跑，一边眨眼睛。

从冰洞石板上的那具猛犸象木乃伊出发，可以形成一连串的动物链条，全都指向过去。那一团软塌塌的肢体和皮毛的混合体

① 通灵板（Ouija board），也称灵乩板、灵应牌，欧美的一种占卜工具，可能起源于古代巫术。它的外形为平面木板，上面标有各类字母、数字及其他符号，其目的在于让使用者与鬼魂对话。

舒展开来，变成了威风的野兽，有着可奔跑的腿，和强劲的消化系统。当人们碰触她时，就像碰触马戏团里的厚皮动物，或是巨大的儿童玩具，她干瘪的身体在触碰者的心中好似再次血肉丰满起来。慢慢地，她在你的印象深处又变成了一张悬挂在摇篮车上的剪纸，就是那种专门训练新生儿眼睛对焦的玩具。纸片做的四肢在吊线的末端晃动着，就像是她在小跑。这一头在洞中被发现的红毛猛犸象被人取名为尤卡，她将观者带到更深更远之地，到那不是藏在大脑，而是深埋在人体的骨髓、纤维和缩氨酸中的记忆里。在肉体深处，那个远古的世界开始轻轻颤抖。

三万九千年前，年轻的尤卡就出发了。她本可以一生都在奔跑——三万九千年前的这片土地给了她奔跑的空间。如果她愿意，她可以走遍整个大草原。如果往东走，走出那时还不叫尤卡吉尔的地方，她就可以走到那时还不叫费尔班克斯的地方。没有海洋挡住她的去路，也几乎没有树木，只有一些稀稀拉拉的植物，她用鼻子便可以将它们从冻土中拔起。或者，她也可以向南走，走过漫长的路程，或孑然一身，或成群结队，一直在迁徙，不断提足，又不断落下，疾疾而行。在扬起的滚滚尘土中，象足的轮廓模糊可见。八千英里的长途跋涉中，他们要躲避致命的淤泥沼泽，还要小心紧随其后不断盘算着的狮子——确切地说，并非如今我们见到的狮子，但仍然是和狮子一样速度极快、狩猎凶狠的生物——这些猎食者也同样忍受着八千英里的酷寒，一日比一日饥饿。那太阳依然是今天的太阳，只是在寒冷的天空里更加明亮。那大陆依然是今天的大陆，只是如今面积乘了三倍，就像一只肥胖的洞熊①，一屁股坐下来，占了星球一半的面积。

在大草原的边缘地带，一群现在已不可能同时出现的动物从这儿经过。这几乎就是一部《神奇动物在哪里》，驯鹿、鬣狗、熊、狮子、丛林豹和北极狐越过这当时还不是欧洲的地方。所有这些你能想象到的动物和尤卡一起沿着河流奔跑，流水在数英里的石灰岩中凿出柔软、深邃的洞穴。他们从草地上跑过，从河水中蹚过，也从人类身旁经过，那时候，草地还不是牧场，河水还不是池塘，但人始终是人。

草原上，一个沉默的猎人正在埋伏。与其他肢体动作相比——比如打斗、教导、睡觉——他一生中花了更多时间在观察动物上。要想活下来，人类就得把自己弱不禁风的身躯藏好，在那些更健壮的巨型动物移动、交配和死亡的时候静静等待。想象一下，在这样紧盯了一辈子后，他的体内保存了多少有趣的细节！再想象一下，世世代代的人们都将自己的一生付诸那片草原，保持着观察的姿势。这种日积月累的观察会如何作用于人类，想想都不可思议。

想要在大草原上生存，人类就必须熟悉狮子的脖子、野牛的脊背以及马的侧腹的每一寸肌肉，以便及时逃离危险。人类的大脑生出其他思维前，只是记录生命活动的形态：发情的混乱、匮乏的挫败、死亡的永眠。一种生物怎能一代代丰富和传承这些陆

---

① 又称穴熊，生活于更新世欧亚大陆，体型大，皮毛厚。

地知识，而不会感受到它已经渗入血液、骨骼和肌肉？多少猎人穷极一生观察，以至于为此歇斯底里、昏迷眩晕？难道那些动物的形象不会在他们的胸中横冲直撞，破膛而出？

当一头金红色毛发的猛犸象冲进视野，猎人不禁紧张起来。太阳正在冉冉升起，她的毛发在阳光下似乎着了火。她的身子长得够大了，足以在兽群中拥有属于自己的空间。但她依然太年轻，奔跑的时候摇摇晃晃，跟不上节奏。猎人知道，她会成为捕食者的首选目标。她猛然转过身，对着紧追不舍的狮子发起反击，但只是用力地跺了跺她那又粗又圆的脚——一点用都没有，她惊慌失措起来。猛犸象转过身继续跑，却扭了脚，很快便摔了一跤。

“就是现在！”猎人想，仿佛他钻进了狮子的身体里，而狮子也好像听懂了他的意思，一跃而起，从侧面跳到了猛犸象的背上。第一口咬在了她的尾巴上，这就够了。猛犸象身子两侧留下了深深的抓痕，至今依稀可见。她扭动着金红色的脖子，想要挣脱撕咬，最终却“砰”的一声倒了下去。

现在是猎人收获观察成果的时候了。他向前移动——不是跑，而是迈着坚定和均匀的步伐，同时拿出了武器。他必须吓走那头狮子。在大草原上和狮子一起生活了多年，这是猎人从狮子身上学到的技巧。要从狮子的嘴边偷走猎物，他就得变成狮子。“就是现在。”他又说了一遍——这一次是对自己说的。他找准了体内变身为狮子的节奏，一击即中。

狮子跑开了，很快变成了黄褐色的一团踪影。猎人知道狮子是如何对付猛犸象的，所以接下来的事情很利落：他一只手摁在她仍然发热的侧腹上，另一只手举起锋利的器物，划进了她的脊背。他只从她身上取出最有用的部分：脊椎、器官、腿上的脂肪和肉。不知道为什么，他摘下了头骨，但并没有把它带走。他把尸体和剩下的骨肉埋进草原，等着以后再回来。此时此刻，他还不知道会是多久以后。

尤卡背上那道深深的伤口，比巨石阵的成型还要早三万四千年，比人类最早的书写早三万三千年，比酿酒、纺织、造币或养蜂至少早三万年。尤卡身上尖锐的伤口几乎和近年从德国岩石中挖出的骨笛——它能吹奏出鸟儿发出的五声音阶——以及那个四万年前被丢在洞里的、用猛犸象牙刻成的狮头人像一样古老。尤卡死后一万五千年，有人第一次用猛犸象牙建造了小屋、篱笆和墓地。远古的猎人世世代代观察的猛犸象的身体里，孕育出了欧洲的建筑。

尤卡死后一万三千年，一个女人——已知的第一个巫师——躺在坟墓里，怀里抱着一只狐狸。人们会在她身上穿过两根猛犸象的肩胛骨，在骨头上抹上黄红色的赭石颜料。在她的周围，人们会堆放一堆陶器——黏土被烧制成狗的形状、熊的形状、马的形状，也有猛犸象的形状，这是已知最早的陶器。[①]

大约在同一时期——如果可以称之为“时期”的话——一个

① 这具女萨满的尸体在捷克的下维斯特尼采被发现，年龄 40 岁左右，据推断在 29 000 至 25 000 年前被埋葬。

猎人独自走向某一处临河的洞穴。虽然他一生都在观察动物，但今天他并不准备捕杀。他会找到一座巨大的石灰岩拱门，一端坚固而厚实，另一端则是较窄的圆形岩石。这座拱门看起来像极了一头猛犸象正在河上从一块石头跳到另一块石头。

“就是现在，去，把他们收集起来。”他把他们都收集在河边隐蔽的洞穴里，就在那“跳跃猛犸象”石灰岩拱门的下面，几百年来那里不断有野兽的足迹。收集狮子、犀牛、野山羊和野牛。收集洞熊、狮子和狼。用松树枝的尖端蘸着炭粉和赭色收集他们。但是，要把最大的动物——那些猎人们记忆最深处的形象——保留在洞穴的深处，让他们远离阳光直射和那些会把石头或木头雕成用具的猎人。在洞穴深处的黑暗中可以找到他们，巨大的野熊在那里沉睡。

他走进洞穴，点亮一根树枝，想看看有没有什么可取之物。他与一万年间的想象触手可及。在外出没的野兽和他体内的野兽不再有距离。洞穴深处很狭窄，他头顶上的树根释放出浑浊的空气。那些洞穴岩壁上的动物，就匍匐在他短促的呼吸间，在他潮湿的手指上。火光在岩石上蔓延开来，又照出了狮子的模样。

他用手触摸那面松软的墙，她就在那里，奔跑了八千年。他把自己想象成猛犸象，这样他就能感受出她是如何飞速地跑向他的手心，壮实的四肢变成了模糊的一团。他贴在岩石上的手掌和她红色的毛发，他跳动的心脏和她奔跑的四肢，慢慢地，都融为一体。火焰和树枝的阴影，与黄红色的赭石颜料一起，勾勒出他们的模样，如同他们的皮毛。他们的鼻子朝下荡着，一条黑色的裂缝贯穿了他们的背部。他们棕色的掌心在石灰岩里合拢，又松开。

这一次，他在岩石中发现了猛犸象。[①]

---

① 肖维岩洞是位于法国南部阿尔代什省的一个洞穴，其中的壁画可追溯至距今 36 000 至 32 000 年前，绘画的对象包括马、犀牛、狮子、水牛、猛犸象等，为人类已知最早的史前艺术。在 2016 年的一项研究中，考古学家认为肖维洞穴至少被史前人类居住过两次，第一次距今 37 000 至 33 500 年，第二次距今 31 000 至 28 000 年。之后，洞穴的入口崩塌，直到 1994 年才被发现。

古比奥之狼

The Wolf of Gubbio

灰狼

1207

因此，当一个人突然静止并失声，我们说“Lupus est in fabula（传说中的狼出现了）”[①]。

——《万物的本质》，巴托洛梅乌斯·安格利克斯（Bartholomaeus Anglicus）

① 拉丁语俗语，相当于英语中的“talk of the devil”。

冬天对于古比奥来说是邪恶的。这座城镇位于山谷的最低处，对着虎视眈眈的邻居和可怕的飓风。市民们在哨塔上凝视黑暗，目光越过高墙，越过那已经风吹日晒了一千年的斗兽场。

卢普斯（Lupus），这饥饿的魔鬼经常在他们城门附近游走——“卢普斯”是狼的名字，也是他们给饥荒和瘟疫取的名字，因为饥饿本身就像狼一样，冷酷无情或花言巧语地从你身上汲取它所需要的东西。在一些特别可怕的冬天里，古比奥的人们别无选择，只能离开这个城镇。自从有了罗马斗兽场，他们就会将死者埋在大门外，无论有没有狼。

一个由男人和猎狗组成的队伍拖着最新的尸体，穿过空旷的田野——羊群和牧羊人已经走了——拖进寒冷的树林中，他们知道在那里狼会发现这些食物。他们知道狼拥有夜视能力，满足时会发出嚎叫。他们知道狼是多么善于在积雪中追捕那些不如他敏捷的野兽。他们知道，在晴朗的下午，狼会捉弄放牧的孩子，黄昏的时候再回来找他们，一个个地叼回山洞。书里说，狼会在落日时分出动，是他们吞掉了夕阳。

有了罗马斗兽场，博学的人就开始追踪万物的本质。他们在书里写道，在贫瘠的季节中，狼会把风吃了，有时他们也会吃泥，可以掀翻一头牡鹿的力气就是这么来的。书里还写着，狼会用他灼热的、酸性的呼吸将猎来的肉煮熟。当他捕猎时，如果不小心踩到了树枝，让那无辜的小羔羊闻声而逃，他就会惩罚自己，对着自己犯错的那只爪子狠狠咬下去。《古典动物寓言集》（*Bestiarium Vocabulum*）中，有整整一页都在描写狼的懊恼，关于他的尖牙咬住右爪子的那一段格外生动。

大多数情况下，描写野兽的书都会用狼来比喻人类之恶最凶残的一面。你一定憎恨狼之恶，寓言集这样说，流氓无赖者的恶、背信弃义者的恶、拦路抢劫者的恶——这些罪恶还擅长狡猾地掩饰自己。听听那些描述狼和罪人的词，再想想那些狼在任何一个时刻，都有可能把你心里的羔羊夺走。

在树林里，狼站在冰冷的坟墓上，半暗半明间看着他们。他嗅着空气，转向正在接近的人们。尽管寓言集里狼根本不能回头——就像魔鬼无法转向正义一样——但是，接近古比奥人的狼能转过头去看他们，男人们不敢再往前一步。

据说，当人和狼相遇时，如果狼先看到了人，这个人便会突然失声。寓言集里有一页绘声绘色地讲述了狼是赭色的，看起来和狗没有什么不同。他在一个身穿黄褐色束腰外衣的男人身后，悄悄走上前；那个人的手搁在白皙的下巴上。如果这个被吓得目瞪口呆的男人在这次遭遇中活了下来——也许是那群人里唯一的幸存者——书上说，只有当他脱光衣服，将两块石头响亮地拍在一起后，他的声音才可能会回来。

方济各·彼得罗·贝尔纳多内（Francesco di Pietro di Bernardone）① 到达古比奥的时候几乎一丝不挂。他穿着一件斗篷离开了亚西西，斗篷在他到达瓦尔法布里卡之前就被抢了。瓦尔法布里卡没有多余的食物，也不欢迎他。但是在古比奥，他有战时结交的朋友。他们带他进去，给他找了一件外衣，同样说没有食物。“但是我们有一只狼”，他们说。方济各安静地祈祷着。

方济各在古比奥的熟人注意到他身上发生的巨大变化。他们不明所以；他原来是个花花公子，好冲动，现在他蜷缩在角落里，憔悴而安静。为了远离享受食物的快感，他会在饭前吞下烟灰。当他察觉到自己的肉体因欢愉而感到沉醉时，他会立刻跳进多刺的灌木丛或躲进山洞。与舒适有关的一切从他的身上滑落，就像红晕从生病女孩的脸上褪去。方济各心甘情愿地让饥饿侵入他的生活。

古比奥的大门再一次为他打开，他走了出去。他的战友带着狗，举着斧子跟在后面，经过了斗兽场，朝着灌木茂密的树林走去。但是很快，他们就被吓得停住了脚步。只有方济各，穿着薄薄的束腰外衣和破烂的鞋子，往前走着。

---

① 即亚西西的圣方济各（Saint Francis of Assisi，1181—1226），方济各会的创办者，因对动物的爱而闻名。

寓言集里还写道，如果是人先看到狼，狼就会没了脾气。

在狼转身对着他之前，他对着狼大喊，“兄弟！”。他用他奇特的混合着拉丁语和翁布里亚语[①]的语言叫着，也许，里面还掺杂着他特有的和野兽通灵的语言。之后会有很多故事描述方济各是如何和这只狼交谈的，他又是如何由此更接近上帝。消息灵通的男男女女还会写道，当他走在弗朗西斯卡大街上，他会蹲下来把土里的虫子挖出来，放在一旁，让其免受人们的践踏。青蛙会静静地听他布道，因为他会说他们的语言。他常常坐在泥地里对着鸟儿说教，温柔地训诫他们。

“看看你，小鸟，”他说，“你不会一针一线，却裹着三层厚的衣服；你既不耕种也不打猎，但你总是有吃的。真是奇怪，你们只受那么少的罪。姐妹们，你们唯一的罪便是忘恩负义，那么多生物在与更多的罪斗争——罪恶来自致命的渴望。”

然而对着狼，方济各并没有谈及上帝的慷慨。相反，他说：“兄弟！我知道你的饥饿！”

对此，狼回应了——嚎呜！

亚西西的圣殿前门上刻着方济各在林中的一幕，他向蹲在面前的狼张着手。索尔日的一座修道院的壁画上，画着一只骨瘦如猫的狼，带着三根蜥蜴的脚趾，方济各的手扶起这只野兽，像是

① 拉丁语成为通行语言之前，流行于古意大利地区的语言之一。

在为他祈福。四千英里外，在一座纪念方济各和狼的故事的教堂里，门上方有一幅弧形的浅浮雕，雕刻了方济各将手掌放于野兽前额的场景。在古比奥胜利圣母堂的花园里，立着一块石匾，石匾上的狼用后腿站立着，前爪搭在方济各的肩膀上，就像是在拥抱他。《圣方济各的小花》(*Fioretti di San Francesco*）的卷首插图描绘了古比奥的城墙前，狼在方济各的身边亲昵地打转这一画面。圣塞波尔克罗镇上的一幅祭坛画中，整座城镇害怕得大门紧闭，被光晕环绕的方济各正在恳请他们让出一条通往古奥比的路。他的手里握着狼的爪子。

到了冬末，方济各已经返回亚西西，在街上乞讨石头。在接下来的二十年里，有关他传奇旅程的消息不断地传回古比奥。他找到十一个人随他穿越了翁布里亚；他们从一个城镇走到另一个城镇，穿越树林时发出吼声；他们在流浪中食不果腹，方济各将祈祷抛向风中，嚼食着信念支撑下去。有一天，方济各蔽身于一个黑暗的树林里，提防着出没的盗贼，他正在山腰上挨饿，忽然他的身上出现了耶稣的五伤[①]。方济各死后，又过了两个冬天，他被封为圣人。

直到那时，古比奥的方济各还仅仅是一个梦，就像是书中不断重写自身的故事。然而，狼留了下来。方济各离开后的两个冬

① 又称“圣痕”。圣痕被认为是一种超自然现象，可能出现在基督徒的身体上，所展现的现象与《圣经》中记载的基督受难时的情况类似。圣方济各的圣痕也是至今唯一受到罗马教廷官方承认的圣痕。

天，狼每周都会到访古比奥。每当狼走近大门，人们会小心翼翼地欢迎他。那些五颜六色的油画上，狼立在古比奥的门阶上，一个商人给了他一些残羹吃食；一对母子在旁边看着，一条狗睡在狼的脚边，方济各的光环萦绕在狼的头顶。

但他们还是不禁注意到狼发生了多大的变化。城里的有些人在问，来门口乞讨的那只动物真的还是只狼吗？当他饿了的时候，还会吞下风吗？他还厌恶拍石头的声音吗？想要避开强盗的旅人还需要在袖子上缝狼的眼睛吗？婴儿还会用狼牙磨牙吗？他们无从知晓。

他们开始怀疑魔鬼和狗之间的唯一区别就是他是不是饿了。既然现在狼已经转性了，他们便想起了那个说服他们去驯服狼的人。如果狼不再是狼，方济各也不再是人，那又是什么塑造了古比奥？

他们的书什么都没有告诉他们。他们并不习惯回答这一类问题。书仅仅是设置了这个动物世界——描绘了它——一个充满了饥饿和狡黠、善意和情欲的世界，奇怪而笨拙。书上说，选择一种生物去崇敬，你终生不得食之。成为朝圣者，而不是强盗；成为羊而不是狼。但是书中并没有告诉古比奥真相：

你们，城镇的市民们，永远不会成为朝圣者，也不会成为强盗；不会成为羊，也不会成为狼。

比起你们任何一个人，狼更像是羊，圣人更像是强盗。因为古比奥的人们，你们所忍受的饥饿并非他们所受。对此你无计可施，你的善意也变不出魔法。饥饿的走兽和正义的圣徒不会离你的躯体而去，相反，在每一个如常的日子里，他们仍会无形无常地困在你的心里。

这世界上的激情萦绕于你之外，穿过城门，越过斗兽场，他们有时候相互对立，也互相缠绕——交换立场，分享传奇。你只需要把他们传递的消息记录在你的书里。兄弟姐妹们，请在这里得到安慰。

你的饥饿无法用魔法解决，对此你要心怀感激。冷淡是一种祝福，祷告并不能支撑你。所以别再从窗口探出脑袋四处张望，回到那火炉前，谦逊而不灭。在你的城镇里劳动，在你小小的图画书里找到王国。收集石头，建造一座有着高墙和瞭望塔的教堂，在门上刻上你的圣徒和野兽。在教堂里安心地祈祷，就这样度过六百五十年，而当石头开始变形时，别让它们像那老旧的斗兽场一样被腐蚀。你必须在许多个冬天里工作，加固那座神圣的教堂；以守护神的名字重新命名它。

当你挖掘它的根基时：看！你会发现狼的骨头——或者是一只狗？——就埋在这石头的下面。

甘达

Ganda

印度犀

1515

我们知道这是一头犀牛，即使它不是。

——伊芙琳·韦尔奇（Evelyn Welch）教授

阿尔布雷特·丢勒从来没有见过“兰瑟的变异母猪”①。1496年三月一日，这头猪出生在距离丢勒工作室十分遥远的德国边境。它只活了二十四个小时。但消息不胫而走，到了复活节，全国的猎奇者都听闻了这头野兽：一头真正的双身猪，一个头，两根舌头，和蜘蛛一样有八条腿。

当塞巴斯蒂安·布兰特②的民间诗册流传到纽伦堡的时候，丢勒也许看见过。布兰特离双身猪出世的地方不远，所以有幸在它还没断气的时候赶到了现场，不过留存在他脑海中的形象只是厚厚的、黑黑的一团东西。在布兰特的木刻插画中，猪的孪生腹部连在了一起，四只前腿伸向中间，像是在互相拥抱。尽管两身集于一头，但是在画里，它被塑造成了一个相对温柔的形象，像是跳着轻快的阿勒曼德舞③，而非死亡之舞。

即使远在二百五十英里以外，丢勒也确信他能画出更令人满

---

① 丢勒有一幅同名作品。

② 塞巴斯蒂安·布兰特（Sebastian Brant，1458—1521），文艺复兴时期德意志作家，代表作《愚人船》。

③ 一种欢快活泼的社交舞，流行于 16 世纪法国贵族之间。

意的图像。他不像布兰特那样有第一手资料，但这无关紧要。就算艺术家到头来只见过一具死了的、被腌制过的标本，或是目击者抖抖索索画下来的粗糙的草图，他还是能创造出一幅栩栩如生的图像，并美其名曰"取材于生活"。这就是文艺复兴初期北方的版画艺术，那时候，世界的一半建立在道听途说之上，其余则来自好奇心。

再创作时，丢勒将他心中的双身猪描绘成了母猪而非小猪——为一个鱼龙混杂的世界创造了一只成年怪兽。布兰特木刻版画线条简单，而丢勒的铜板凹雕则勾勒得更为深邃。画里的猪似乎正在经历激烈的内心挣扎，嘴里轻轻地叫唤着，无用的上蹄踢向天空。其余直立的六条腿也不安分，几撮阴影线表现了其运动，两条尾巴打着旋散开了。猪身上的细节也无懈可击——脊背上的刚毛，张着的嘴，以及两条形似匕首的舌头，一左一右地伸向兰瑟草原上不同的草皮。

丢勒的《兰瑟的变异母猪》版画在纽伦堡以一根香肠一张的价格售卖：以猪换猪。或者说，以猪换一则世界奇闻。在这座自由之城的市场里，到处都是德国烤肠、护身符和印在大报上的动物寓言故事。这样的空气里埋伏着一种迫切的，几乎让人眩晕的突变气息，做买卖的人总是嗅得到这样的气息。这座城市无须向外扩张，新鲜事物总是跃进城墙快速传播，每一个新发现都会带着一连串的未知和新发明到来。

纽伦堡这座城市，刚刚迎来了第一个地球仪，听到了第一架大提琴发出的声音。1510 年，这里的第一只怀表被称为“纽伦堡鸡蛋”，人们从此可以携带时间。自古腾堡发明活字印刷术六十多年来，六百万册图书在北欧流传，其中很多便出自拥有最大造纸厂的纽伦堡。有史以来第一次，欧洲大陆上的书页比人口多，包括可收藏的战争地图、色情文学，以及上面写着从天堂掉下来的火石掉进了昂西塞姆的活页诗集。

就好像你脑海里的所有事物都能在遥远的报道中得到确认。你最疯狂的焦虑、最堕落的幻想——它们都从天而降，在木版画中显现为一头噩梦般的野兽，一场新的瘟疫，或是来自世界另一端的民间传说。事实上这世界也已经没有边界，麦哲伦刚刚证实地球是一个球体。

1515 年，又有一桩奇闻传到了丢勒的工作室——不是来自兰瑟，而是来自里斯本。几个苏丹人向葡萄牙国王进献了一头难以用语言形容的野兽。这是一头闻所未闻的独角动物，相比起来，同世纪的兰瑟母猪和古根海姆双颈鹅也显得平平无奇，沃尔姆斯的连体婴儿和从鸟蛋中孵出的狗都不算奇闻。

这独角动物上一次出现还是在好几个世纪前，在古罗马斗兽场上，它用独角将猎豹和公牛的内脏翻了个底朝天，然后在圆形广场的地上睡着了。罗马皇帝图密善将它的形象印在了现在已经找不到的铜币上。老普林尼那年七十七岁，对此印象深刻。他宣称这头野兽是象王的天敌，在一次丛林之战中“它将坚硬的石头当作锉刀，磨着自己的角”，并用这角顶开了大象脆弱的腹部。但就在普林尼的《自然史》出版不久后，这种巨角动物从欧洲消失了。

一千三百年后，它再次出现，葡萄牙国王曼努埃尔一世想起了普林尼的描写。运输香料的船维持着它的生存和呼吸，两吨重的礼物就这样在里斯本港口靠岸。很快，国王就决定让这头新野兽和他动物园里最小的大象打一架。决斗当天，一位来自苏门答腊的名叫奥克姆的驯兽师将这新物种——他叫它甘达——藏在了里贝拉宫①庭院里的一块大挂毯后面。受邀参与的牧师、宫廷艺术家、贵族名流都对此次盛大揭幕满怀期待。相比起来，那头大象倒是显得兴味索然，它甚至连甘达的独角也懒得瞅一眼，对它在台上的接连跺脚也充耳不闻——普林尼所述的这对死敌显然没什么化学反应。

但是想象一下，当甘达从挂毯背后亮相时那不可思议的样子——一种你永远无法想象的生物，甚至比大象还大！层叠如盔甲的灰色兽皮下露出若隐若现的浅粉色皮肤，动起来就像波浪般起伏。人们惊奇地看到，它那逗点状的耳朵，和那矮矮胖胖、生殖器形状的角离得远远的；小得出奇的眼睛紧贴着它的面颊，就像肮脏大理石上的云母碎片——在欧洲何人曾看过这般模样？更不用说它暴躁的样子，与其说横冲直撞，不如说好似被烧着了一样，就像它的身体里有一头怪兽急于被放出来。

---

① 曼努埃尔一世在里斯本建造的宫殿，有约 250 年的历史，1755 年毁坏于一场地震。

在里斯本的人群中有一个印刷商，他是一名德国侨民，仍然与纽伦堡的商人保持联系。他依照甘达的样子，画下了笨重的身躯和巨大的角，并写下了对其特征的描述，标签为“犀牛”[①]。他将这张草图寄去北方，还附了一段留言：“它太不可思议了，我觉得我必须寄一张素描给您。”由此，这头犀牛有了两个分身。

第一头犀牛正是里斯本人亲眼见到的，他们见到了它的皮肤、眼睛和奥克姆留下的绳索末端的长钉。这头真实存在的甘达在苏门答腊出生，在长达四个月的前往葡萄牙的旅行中奇迹般地存活。在一场不了了之的决斗之后，曼努埃尔国王将甘达运到罗马，想要再一次验证普林尼所述是真是假——这一次是与教皇的白象汉诺较量。在这次旅程中，甘达的身体被包裹在绿色天鹅绒里，并以康乃馨和镀金绳索作为装饰，就像是去结婚。载着甘达的船在马赛岛稍作停留，法国国王就在岸边向它挥手致意。两个星期后，这条驶向罗马的运船在利古里亚海上遇到了风暴，甘达被锁在了船舱里——风暴打来时，它沉了下去。

第二头犀牛正是这位德国印刷商匆匆速写下的“犀牛”——看着吧，它之后还会被多次演绎。这头纸上的犀牛更像一种名为“犀牛”的概念：“犀牛”是一种传声筒游戏，是长达几个世纪不断验证和修正的名字、形状、误解以及被赋予的意义。这头犀牛不需要链子，不需要香料船，不需要奥克姆，它是活在纸上的有

---

① 此处，包括之后丢勒从中得到信息而衍生的图像都取名为“Rhinoceron”，后来才被修订为“Rhinoceros”。

角生物。它游荡着，无人看守，远离历史的账目，闯入共有的大陆之梦。

这头“犀牛”的出生年代远远早于曼努埃尔国王在世的时候，罗马皇帝图密善早就将它的形象铸进了他的纪念币里。尽管当年的甘达随着沉船消失在水中，但这头犀牛从未离开过。它穿行了几个世纪——在书中，在传说中——自始至终怀着普林尼所宣称的对大象的敌意。在《约伯记》中，它更名为“巨兽”（behemoth），当汹涌的约旦河朝它的嘴里灌去时，它泰然自若。而在中世纪的动物寓言里，它变了颜色；它的角变得更为锋利，同时具有魔法。普林尼笔下这头好斗的“独角野兽”（monoceron），后来演变为中世纪雪白的“独角兽”（unicorn）——一种更柔软、更神圣的四足动物，人类只能用处女的膝盖做诱饵才能抓住它。① 近千年后，马可·波罗的游记里又将它描述为“肮脏的野兽”，“猪一样的脑袋”埋在苏门答腊岛的泥土里，“完全不像我们在欧洲故事中提到的独角兽”。你可以想象马可·波罗，这位当时已经离家多年的探险家此刻一头雾水，摇了摇头：“这生物和我们想象的完全不同。”

1515 年，这两头“甘达”——犀牛和“概念的犀牛”最终会合于同一片大陆。自然事实和虚构故事这对一体两面的双生子开始交锋。当那张标记着“犀牛”的小小速写终于一路辗转到了纽

① 中世纪传说捕捉独角兽的唯一办法，是让年轻处女走到它的身边，此时独角兽会温顺地躺到她脚边，将头部枕在她的膝盖上入睡。

伦堡后，这两头甘达开始在一位四十四岁的版画家的脑海里交叠，他拥有自己的印刷机，有取之不尽的纸墨，还有用之不竭的才华。

阿尔布雷特·丢勒以精确著称，尤其是在描绘生物的时候。看看他的水彩画《野兔》(*Young Hare*)，千丝万缕的兔毛根根分明，或是他的水粉画《蓝色佛法僧之翼》(*Wing of a Blue Roller*)中完美呈现的羽毛。在《大片草丛》(*The Large Clump of Turf*)中，每一根芦苇和欧芹，甚至每一片蕨叶的锯齿都经过他的严密审视。如此精确的表达赋予了草丛某种神性，就像是在画整个天国一样，让草丛和变异母猪一样不可思议。“别让你的想象与自然背道而驰，别自以为是地画蛇添足，”丢勒写道，“这样你只会误入歧途。”

话虽如此，丢勒在自己的作品中，却是煞费苦心地沉迷于自己任性的想象、幻梦和虚构的真理中。他会画威尼斯螃蟹，也会描绘海怪将百无聊赖的米兰姑娘拖入水中。在创作《大片草丛》那幅杰作的同一年，他以冷静客观的笔调记录下了自己的一个噩梦，图文并茂，就像是再现窗外看到的风景一样。在笔记本的空白处，他描绘了一场血红色的雨，传说1503年的纽伦堡确实下了一场红色的雨，雨水以十字架的形状滴在了女佣的围裙上。显而易见，丢勒是他所处时代的产物，他将内在的与外在的、司空见惯的与神秘未知的，都看作这个星球的真实存在。

丢勒写道，一位真正的艺术家首先要掌握可见世界的自然形态——皮毛、草地、翅膀——才能为他的艺术提供更多的想象空间。只有完美掌握了猪的口鼻和卷曲的尾巴这些细节，才可能想象出变异母猪的样子；了解了人、蛇、山羊和老虎的所有比例，才可以创造出一幅《启示录》中主教落入龙口的木刻版画。所以，当某一天一幅名为《犀牛》的速写草图出现在纽伦堡，这些技巧足以让一个艺术大师对那些补足不详之处的想象信手拈来。

所以这就是丢勒笔下的犀牛。这头犀牛有着四条粗壮的腿，低着头，脸朝左，像是穿了件盔甲在身上。这盔甲又分成七块铺在了犀牛的骨架上，每一块都嵌合着镰刀型和卵圆形的组合花纹。前臂和膝盖的片块之间有缝合处，就像给衣服缝上袖子一样，还是带袖口的袖子！那周边一连串的圆点，就像是有人在捏馅饼皮时用拇指一个个捏出来的。臀部的背上连着一条钩眼环，髋关节处酷似龟壳。它的前额有一排刺，颈部围着一圈扇贝。

在这头犀牛跃然纸上之前，丢勒显然从自己熟悉的自然界里截取了一些素材，因此有了毛茸茸的母猪耳朵（而甘达的耳朵则更为细长一点）和信手画上去的马尾。它的四肢布满鳞片，具有爬行动物的特色，嘴型看上去又简直像一头牛。鼻子上的角大概是参照了关于独角兽的记载——长而薄，向上挺起近四十五度角。木刻版画中，犀牛角顶着画面的边缘，就像在轻推笼子的门。在丢勒的画中，还有一只额外的角，如今被戏称为“丢勒角”，它像一把小匕首或是竖起的小指那样立在犀牛肩胛骨上方——真正的犀牛从未有过这玩意儿。

为什么多了一只角？为什么要过度装饰这一身盔甲？是信息误导——鲜有人知从里斯本来的那张犀牛草图究竟告诉了他什么——或是丢勒自己在浮想联翩？无论如何，丢勒的动物形象让人困惑，但又让人着迷。每看一眼，都会有新的形象出现；一眼看过去，像是人类熟悉的垂着眼的四足兽，再看一眼就变成了一头静止的怪兽。丢勒在画中以一种永恒的艺术性成功地将犀牛的两个分身、两种存在合二为一——生物学上的甘达与神话传说里的犀牛，自然与想象。最终，当你端详着这幅画里的犀牛，其实是在目睹这两个分身逃杀时所产生的怪诞与和谐，就像是两块磁铁以相同磁极互相靠近，互相挤压，彼此振动。

“他们把它叫作犀牛①，”丢勒在页面的顶部写道，“它在这里以完整的形式再现。”

一张木刻版画流入纽伦堡市场用不了两个星期。当艺术家完成了原始的草图后，雕版师会将草图铺在一片薄薄的梨木木板上，他会沿着木纹，以最精确的刀法凿除草图的空白处，使图像在木板上凸显出来。接着，他将这块木板在油墨中滚一遍，然后重重地压印。丢勒的犀牛就这样出现在崭新的一页，乌黑发亮。

这些纸张被夹在绳子上晾干，用过的刻画木板即刻重新上墨，流水线开始转动。在丢勒的一生中，这个工作坊制作了至少四千张犀牛木版画，并在丢勒于1528年去世后的很多年里，依然一张

① 这里的犀牛拼写为“Rhinocerus”，为拉丁语，也是丢勒犀牛画的标题。

又一张地产出。直到十七世纪，这张木板几经转手到了荷兰，继续一次又一次地被使用着——直到木板四边开始裂开，蛀虫咬去了边框和犀牛脚上的鳞片，直到破损的木板只能承受青色的明暗对比影印。

从古罗马到文艺复兴，人们只看见了一头有血有肉的甘达，却有成千上万头丢勒式犀牛被影印在纸上，连同那多出来的角和添油加醋的所有，在不到一个世纪的时间里遍布欧洲大陆。不同于神话或是动物寓言集里以讹传讹的犀牛形象，丢勒的犀牛是量产而确切的，其特征清晰可见，在所有的图书馆和好奇柜中有迹可循。到了今天，我们很难理解这种指数级的重复对文化造成了什么样的影响，但幸运的是，我们留下了四个世纪的视觉证据。

丢勒绘制的犀牛开始被英格兰、比利时和法国的自然历史书和百兽图录所复制。在短短几十年内，德国人就给它起了个“装甲犀牛”的绰号：一支号角，一身盔甲；旅行书将它的盔甲身板、牛的嘴型和闷闷不乐的样子画进了甘达永远不会踏足的地方，比如中国[①]和好望角；美第奇家族中的一员将丢勒的犀牛绘进了自己的饰章里，法国的亨利二世也为自己的皇家阅兵式定制了一款描绘犀牛战胜狮王的木制图腾。1580 年，一位哈布斯堡王朝大公爵委托艺术家画的一幅肖像画，正是新娘骑着犀牛前往婚礼的场面；意大利的雕塑家则将它的怒容刻在了佛罗伦萨的岩洞里和西西里岛的喷泉雕像上。

---

① 实际上，古代时犀牛曾在中国境内广泛分布，直到 20 世纪中叶才在中国灭绝。

佛拉芒低地的艺术家也总是将丢勒的犀牛形象织入他们的大型挂毯画中——或是登上方舟，或是在吟唱的俄耳甫斯旁扮鬼脸。那些犀牛总是保持着与版画中一样的姿势：垂着头，面无表情地面向同一个方向，显得无所事事。就在维米尔画下那流光溢彩的完美之作《花边女工》（*Lacemaker*）的同一年，弗朗西斯·巴洛（Francis Barlow）绘画的犀牛用角刺进了大象的肚子，就像普林尼所希望的那样。[①] 也是在那一年，一个波斯人描绘下另一头犀牛的身影，它更接近甘达真实的样子，但是在欧洲无人察觉。

巴黎的织布工们将两头带肩角的犀牛缝在一起，它们闷闷不乐地拉着一辆战车。八十年后，同样的织布机又织出了新的场景：一头猎豹死死地咬住了斑马的脖子，带肩角的犀牛在一旁观看。这个血淋淋的场景被一遍又一遍地再现了五十年，直到编织的图案暗淡不见。就这样，在毫无现实验证的情况下，犀牛的形象一而再再而三地出现在人们的生活中。到了十八世纪，它被镶嵌到了牌桌上，雕刻在了玳瑁棋盘和缟玛瑙浮雕上。这些再现并非是对丢勒犀牛的完美复刻，比例、颜色、技巧上都有出入，但分块的肩甲、打旋的肩角和那怒目圆睁的神态都得到了保留。两个世纪内，人们生产了数以十万计的犀牛图样，直到几乎每一个人都能一眼认出。“这就是那头犀牛！”它们融在了油画颜料、织布棉线、瓷器瓦片里，困在了浅盘、花瓶、茶壶以及精致但不实用的

---

① 维米尔的《花边女工》创作于 1669 至 1670 年间，而弗朗西斯·巴洛的《大象与犀牛之间的战争》（*Fight between an elephant and rhinoceros*）创作于 1684 年，所以此处可能是作者笔误。

高脚杯上。

丢勒的“犀牛”直到二百二十六年后才遇到了有血有肉的对手。一头温顺的雌性犀牛，“像羔羊一样温和”，十八世纪中叶，她坐着由二十匹马拉的马车巡游了整个欧洲。从哥本哈根到那不勒斯，人们花一点点钱就能从她边上走过，如果加点钱还能坐上露台位看她吃草，一些“有地位的人”甚至可以付钱骑在她背上。当他们跨在犀牛的背上，这些主顾一定发现了，她的肌肉会自然隆起而非僵硬如盔甲，她的肩上也没有螺旋状的角。

在此之前没有一头犀牛在大陆上去了那么多地方，存活了那么长时间。她引起了恐慌。人们叫她克拉拉。

1749 年差一点重演了 1515 年的甘达故事。国王路易十五御用的“猎场画师”去往凡尔赛，寻找新奇事物的写生素材。但这个名叫乌德里[①]的画家与两个世纪前在里斯本宫殿作画的艺术家不同，他对着克拉拉的身体研究了好几天，如果不是克拉拉要去巴黎避暑，他能琢磨更多日子。乌德里不只画了一张，而是好几张，有的用红粉笔，有的呈现在蓝色纸上，都是面对着克拉拉所画的。

其中一张送到了一位法国插画家手中，他将这张图用在了轰动一时的百科巨著《自然史》(*Histoire Naturelle*）中。不同于丢

---

① 让-巴蒂斯特·乌德里（Jean-Baptiste Oudry，1686—1755），法国画家、雕刻家、挂毯设计师，以绘画栩栩如生的动物和捕猎场景闻名。

勒，这位艺术家克制了自己的想象力，所以成千上万本《自然史》中出现的犀牛非常接近克拉拉本身的样子。书一经发行便大受欢迎，出版商不得不在六周内加印第二版。这样一来，克拉拉的样子——也就是甘达的样子——成为每一个孩子都能在课本中或是记忆里辨认的形象。欧洲不再将克拉拉看作一个传说，而是看作可能会出现在隔壁小镇的生物，就像一头母猪或一只小野兔。克拉拉去世的那一年，也就是甘达死后的第二百四十二年，林奈[①]把她命名为独角犀牛（Rhinoceros unicornis）。更深的肤色，仅留一个角，稍显和蔼的嘴微微张开，像是在咬枝上的叶子——这样的新形象开始出现在各类羊毛地毯和精致瓷器上。乌德里为克拉拉画了一幅十五英尺长的油画，在卢浮宫的一次沙龙中展出，并以林奈取的名字为这幅画命名——《犀牛》(*Rhinoceros*)。

在巨大的画布上，克拉拉抬着头，竖起耳朵，右脸对着观众。她的皮褶带有粉红色的阴影，现在我们知道这是此类生物的特色。她看上去湿漉漉的，近乎光滑，而非全副武装的样子。她的眼睛泛着红色，眼球却黑得充满异域风情。

尽管极为逼真，但这幅巨大的肖像画仍有缺憾。虽然艺术家对比例、颜色和姿势都有着深刻的把握，但画里的这头犀牛却显得过于静态，好像她拒绝打开自己。图画并无变形或不妥之处，她的身体里没有什么想要逃脱。

---

① 卡尔·冯·林奈（Carl Von Linné，1707—1778），瑞典植物学家、动物学家和医生，瑞典科学院创始人之一。

乌德里的犀牛强调了一种普遍限制：自然动物的真实形态与人类所能理解和呈现的形态之间，有着难以逾越的障碍。要再现另一种真实存在的生物，我们人类只能走这么远。一个想要将眼前的动物用画笔准确复刻下来的艺术家，总会在不经意间有所遗失。当我们试图保留自然卓越的精确性时，有些东西就是消失了。这种消失不只是体现在绘画上。即使克拉拉来到我们镇上，即使我们多付了几先令去碰触她，我们手掌和她黝黑的躯体之间，仍然隔着遥远而绝对的距离。

纽伦堡人知道小野兔是如何观察世界的吗？在兰瑟，谁能理解对于一头母猪来说时间意味着什么，是恐怖的东西，还是别的什么？也许更重要的是，当一个欧洲人的视线落在这头从阿萨姆邦远道而来的两吨重的野兽身上，他到底在看什么呢？在凡尔赛宫，在里贝拉宫的院子里，或者在甘达四个月环球之旅途经的野生动物园里，我们到底在看什么？她的身体让我们想起这段距离。它提醒我们，像克拉拉这样的生物——从出生起就在室内长大，装进笼子从一个国家运至另一个国家，笼子往往太小了，时不时会蹭到角——可能远比挂在纽伦堡墙上的木版刻画更让人感觉不真实。

乌德里壮观宏伟的犀牛画里少了什么？少了误解。丢勒能将这头野兽画得如此具有传播度，如此贴近我们，也许正是因为他从没有真正见过犀牛。如果说眼前动物活生生的身体是传达的边界，那么实物的缺失也意味着界限的消失，丢勒反而能够进入古老犀牛的内部，将其从内而外地勾勒出来。在甘达的皮肤之下，他将另一只动物置入其中，而这才是我们观看犀牛版画时（我们已经这样看了半个世纪）真正所见——一只由我们的好奇、欲望和困惑所组成的生物。那不是一头真实存在的犀牛，而是被人类的急不可耐和敬畏之心扭曲了的双角怪兽。

丢勒的《犀牛》实则描绘了一种现代世界的生存艺术：我们就是这样吸收和利用着对其一知半解的庞大生物。《犀牛》描绘了我们作为智人，却生活在这样荒谬、未知、胡说八道的现代世界这一非自然的现实。犀牛和概念的犀牛。在此处，丢勒掌握了人类想象力——破坏性的、多变的、狡猾的想象力——与现实博弈的瞬间。当人们无法分清真实与虚假，想象力便战无不胜。

也许这就是为什么尽管1745年欧洲掀起了“克拉拉热潮”，诺森伯兰郡公爵的餐具上依然出现了丢勒那头闷闷不乐、有着明显差错的犀牛。它那多余的肩角就像是竖起的中指，指向盘子的上方。十年之后，这头犀牛依然出现在轻巧的鼻烟盒盖上。当洛可可动物时钟风靡一时，工艺大师让-约瑟夫·圣日耳曼（Jean-Joseph de Saint-Germain）制作了单角克拉拉的精美时钟，但也卖了一个带着肩角的犀牛工艺品给他的老派顾客。

反反复复地，直到十九世纪，丢勒的犀牛仍然挂在欧洲的墙上，尽管那时候已经又有五头真正的独角犀牛到访过欧洲大陆。大英博物馆在1895年收藏了丢勒的原画，他们将其保存在博物馆的版画库存中，并称之为“欧洲艺术流传最广的图像”。维多利亚时代的批评家詹姆斯·布鲁斯（James Bruce）则称它“各个方面都表现得很糟糕”，并称丢勒是“此后所有以动物为原型所绘怪兽的起源”。

不可思议与荒诞至极——这就是犀牛螺旋体上互相缠绕的两根线。这就是人类思维孕育出的生物。

这也是为什么南达拉尔·博斯（Nandalal Bose）为一本孟加拉故事书画了一张醒目的丢勒犀牛油毡版画。博斯出生于1882年，被称为“印度现代艺术时期的丢勒”。

这也是为什么伯恩哈德·杰格（Bernhard Jäger）在七十年后制作了一幅丢勒犀牛内部构造的彩色印刷图，而第一次世界大战后德国学校的课本依然保留着印度犀牛的错误图示。

最终，这也是为什么萨尔瓦多·达利永远不会忘记他青春时期在家看到的犀牛版画。四十年后，成年了的达利宣布他正在“成为经典”，维护所有非理性的发现。有一次，他逮到了被邀请去卢浮宫的机会，在密室里临摹维米尔经典之作《花边女工》。但在不到一小时之后，他看了看自己的画布，发现自己画的却是三只犀牛角互相碰撞的场景。在这些螺旋角中，达利说他发现了所有艺术与生俱来的“暴力的力量”。他说，每一幅欧洲画的核心都有一头犀牛。

在接下来的十年里，达利将犀牛从里到外地画了个遍。就像美第奇四百年前所为，他将丢勒的犀牛用作了个人象征。他将妻子加拉画成了圣母马利亚，她的骨头化成了一堆白色犀牛角。

1954年，他画了一张窗边裸体图，“自愿向犀牛角献出自己的贞洁”。第二年，他对维米尔的《花边女工》进行了自创的“偏执狂批判法”式临摹，圆柱形的角在画面中爆炸开来。又过了一年，他用青铜雕刻了一头造型怪异的犀牛，以丢勒流传甚广的那张犀牛图为原型，加上了蜘蛛腿，背上长出了长长的第三只金角，它在背部的中央，螺旋式向上盘旋，占据了整个雕塑一半的高度。

有一天，达利闯入了巴黎文森动物园的犀牛区，身后跟着一支电影制作团队——他还能想到比这更好的叛逆杰作吗？——在那里，达利在一头名叫弗朗索瓦的犀牛旁支起了画架。在电影拍摄的无声镜头里，达利紧握着画架上维米尔《花边女工》精致的复制画，弗朗索瓦在他身后踱着步。当助手将一块圆锥形的面包充当犀牛角放在达利头上后，电影镜头切换到了一个新的场景——达利在犀牛洞穴的洞口悬挂了一幅巨大的《花边女工》：这是自然与艺术之间的又一次交锋。

犀牛向维米尔的画走去，似乎在嗅它，然后又低下头。它蹒跚地后退了几步，显得温顺又有点害怕，然后它转了一圈，走出了镜头。镜头切换到下一个场景：达利拿起一根又长又细的角，像一把长剑似地将它直指前方，他亲自挑战这张《花边女工》——他以自己的肉身穿过了它；那头真正的犀牛不知所踪。虽然这影像是无声的，但当巨大的画纸被撕碎时你几乎可以听到达利的大声疾呼，这句话也正是他第一次接触犀牛时便告诉妻子的：“这只角将拯救我的生命！”

萨克森

Sackerson

棕熊

1601

我曾见过萨克森逃出来二十次，我还亲手拉住了它的链条。但是我告诉你吧，那些女人一见它从身边走过，便大哭大叫，闹得不可开交。

——斯兰德少爷，出自《温莎的风流娘儿们》，莎士比亚咸湿的、和着雾气的伦敦公园，被十几种生物塞得满满当当，鸡、公牛、獒犬、人类和黑猩猩，低垂的棚顶在半空中摇摇欲坠。周围黑乎乎的，分不清哪里是人群，哪里是动物。在那一团黑暗中，雷利爵士[①]领着他的法国朋友和另一个当班的人会见了他们的接头人。为何会有盛大的烟火在此刻绽放？仅仅是因为那些打了赌的老爷们想要看一看。

一团火焰被高高掷起在人群上方，如同绽放的玫瑰，烟雾向四周浑浊的空气散去。它在高空旋转着，零星的火星溅在了周围的座位上。为炒热气氛，举办者还会掷出梨子，渴望水果的人群会追着这些滚落的生梨，直到班克塞德街区。另一边，毛躁的小伙子戴着他们的脏手套，急匆匆地将刚出炉的面包扔在顾客的腿上，惊得顾客一把抓住面包，急急找着出口。公园外，人们又会找到其他周末活动：一面箭垛、一个女人，或一场戏剧。

① 沃尔特·雷利（Walter Raleigh，1552—1618），作家、诗人、军人、政治家，也是英国伊丽莎白时代著名的社会活动家，不遗余力地维护艺术、文化及科学。

那时，河下游的烟花柳巷少了很多香艳传闻；圣巴塞洛缪医院的地板上也少了很多血淋淋的嘴套。獒犬的血、看台上拳脚相加的血、开膛破肚的血……都沿着泰晤士河顺流而下，从小镇的角斗场流到了班克塞德。到了世纪之交，流血最多的应该是他。

别以为伦敦公园里的人们会将他看成饱受折磨的可怜家伙。相信我，就是这么吊诡。在我看来，那些被赶进角斗场的诱饵熊[①]早就不是熊，而是一连串事物的组合：嘴套、铁链、木桩、钝了的牙齿、狗咬的伤痕。耗死了一只杂种狗，只等来更多的狗扑向那沾满了口水的身躯。那个溜冰场是他唯一能活动的地方，通过一次次在那潮湿的多边形广场里斗狗或是跑圈赢来。在这个公园里，花也未能幸免——他们把红色的花团贴在熊的眉毛上，这样獒犬跳起来的时候就有了目标：朝着那招摇的盛开的花朵，从各个方向扑过去，狠狠地咬下去，连花带肉，血比花更红。那时候，从小在伦敦长大的市民以为熊的眼睛天生就是粉红色的。

过了几年，那头熊已经看不清东西，无法再战了。这时候表演节目的人必须想点别的办法。他们把熊拴在广场中心，让他蹲着，让观众来鞭打他，直到鲜血沿着他的脊背流下来。有时候他实在受不了了，就会用黑乎乎的手一举捏住那根鞭子然后咬成两半。有一次，他弯下腰费力地从木桩上解下有些松动的绳结，绕

① 始于16世纪英国的斗熊活动非常血腥残忍，在表演过程中，人们会让熊犬互相厮杀，参与表演的熊故名“诱饵熊”。直到1835年，英国颁布《反虐待动物法》后这项活动才被禁止。

着溜冰场转圈，边转边嗅。一旁的女士们吓得大声尖叫，看守熊的家伙们乱作一团。在一片欢呼声中，他们终于将他拖下了台。

即使到了又跛又瞎的时候，他依然能将九英石①重的獒犬扔向看台，朝着贵宾包厢，朝着女士的大腿，朝着紧身袜，直直地掷向她们的短裙。就好像他能嗅出女士发抖的大腿在哪儿，然后用力地将大狗掷出去，从这一头到另一头，直达目的地。被抛出去的獒犬先是喘着气，后来吓得抽搐、发抖，口水四溅。看台上一阵骚动，有哪位女士的裙底风光不小心露了出来！这时候，他们就会加上另一条狗，两条狗……直到六七条獒犬在溜冰场上排好了队。观众们知道熊的眼睛看不见，因此更为兴奋，欢呼声震耳欲聋。天呐，看那架势，就好像如果哪天他不在了，人们会把他的形象印在钱上。

伊丽莎白女王虽然从没到过现场，但她非常迷恋这项娱乐，因此下令取消了周四的所有活动②。于是，每到风平浪静的周四，这头熊便会被拉去游行，经过剧场，直达伦敦桥。他会闻到流浪汉的体味和演员的胭脂味，听到人群中追逐时髦的年轻人为他敲锣打鼓使劲欢呼。系上丝带的公牛在后面跟着；鸡笼③和獒犬在后面跟着。只有那一头熊，在前面领路。

---

① 英制质量单位之一，1 英石约等于 6.35 千克或 14 磅，9 英石约 57.15 千克。

② 随着伦敦市民对戏剧的热爱日益加深，1591 年，女王伊丽莎白一世下令关闭所有剧场在周四的其他活动，以确保斗熊活动不会被淘汰。

③ 除了斗熊，伊丽莎白女王还喜欢观看斗鸡。

在那些夜晚，他出现在希望剧院、玫瑰剧院和环球剧院的排演名单里；出现在口水诗人的短诗里；出现在莎士比亚同时期的老对手本·琼森（Ben Jonson）的诗里；出现在《麦克白》第五幕的邓斯纳恩城堡中；出现在《第十二夜》圣烛节那天的中殿大厅中，奥丽维娅浅声低吟："你不曾把我的名誉拴在桩柱上 / 让你那残酷的心所想到的 / 一切不戴嘴套的思想将它恣意愚弄吧？"①

所以，将那头熊与"摧毁"联系起来并不妥；相反，人类塑造了他。他们以名字称呼他，因为他们在他身上认出了一种骇人的暗示。他们在他的站姿中看见：两腿向上，前爪张开，十指可见；腰和腹部都压得低低的；瞳孔圆而亮，往深了看，还有白色的一圈。在被獒犬咬住前的一个瞬间，他们看见他低下头，发出了叹息。

他们看见了什么？毫无疑问，他们看见了自己。

一个更高大的男性——更重的身子，更厚的毛，结实的皮肤，也因此更抗揍，但他终究是熊，受他们奴役的熊。巨大的棕色身躯被困得越来越紧，容身之处比原来的溜冰场还要小。这一切都是因为那条向北流淌的河流：可怖的、致命的泰晤士河。六种城市瘟疫——天花、"新疟疾"、莫名其妙的盗汗等等——都成队经过了斗熊表演的公园。泰晤士河，变成了一条史无前例的病河。1592 年的时候，瘟疫闹得沸沸扬扬，经营娱乐项目的场所被

① 译文参考朱生豪译本。

迫关门。每十年就有四分之一，也就是大约一百家室内公园从此消失。

不景气的年代让公园变得黑灯瞎火。每一个持票观众茫然四顾，想知道接连的黑暗里，谁又会在下次遭遇不幸。当越来越多的人涌向城镇，大自然也在反咬，它真的能咬疼你。魔鬼将大自然的毒箭向后拉伸至耳畔，然后瞄准、下注，一举将它射出。我们慌忙将它扔回去，但它就地再生；在我们准备好之前，大自然六张反咬的大口就已经向我们扑来。

我们博学的同类无法解释疾病的流行，物理学家或牧师都不能。无法解释的事物使得“自我”迷失了源头。不同人的“自我”都归为单一，就像公园里那些声名在外的熊一样。很快，“我是”取代了“我们是”，整齐划一的“我是”让族群变成人群，这两者截然不同。他在公园里听见了那些齐声的“我是”：

我是这头被困在这破旧溜冰场的熊，被大自然嘀嗒嘀嗒的钟声包围着。我并没有蜷缩在编着号码的袋子里，相反，我在独自等待死亡。我害怕时间侵蚀的力量，每过一年，公园停摆所带来的影响都愈加明显。我感觉到疼痛，感觉到疼痛在加倍，直到我成为疼痛本身；我一直在等时间长出新的牙齿。虽然病得迷迷糊糊，我还是无法将视线从他身上挪开。

我看着他咆哮，他奋力挥击，他流血，他时不时口吐白沫。如果我能甩掉时间，折断疼痛的脊椎，或是将瘟疫——伴随着尖叫——丢到某个娘儿们的膝盖上，那我身上的枷锁就能轻一点。

即使我明白当时间嘀嗒地走，我也只会病得越来越重，但我仍得和时时刻刻在我身上发生的一切斗争。我得将此刻咬上来的病狗扔出去，扔掉这块被人类智力败坏了的破布。

是的，我嫉妒他的天性。所以我用棍子击打他的天性。

杰弗里

Jeoffry

猫

1760

68 让示法提雅[①]与那只小猫头鹰一起欢乐吧，
猫头鹰是长翅膀的猫。

68 因为我有一只猫，美得不可方物，
我借这猫祝福全能的上帝。

——《羔羊颂》[②]，片段 B，克里斯托弗·斯马特

---

① 示法提雅（Shephatiah），《圣经》中的名字，意为“上主的审判”。

② 克里斯托弗·斯马特（Christopher Smart）为十八世纪的英国诗人，其长诗《羔羊颂》（*Jubilate Agno*）是一首宗教赞美诗，诗中提到了自己的宠物猫杰弗里。

③ 作者注：当我得知英语中最著名的关于猫的诗实际上只是一个片段时，我就开始有了写《杰弗里》的想法。显然，克里斯托弗·斯马特的长诗《羔羊颂》——写于 18 世纪中期的一个疯人院——中有几个章节丢失了，据说“我的猫杰弗里”那一章节的左侧部分不见了。于是我想去补全它，我尽我所能地模仿了《羔羊颂》里的写法，写了左边部分以“让”开头的诗行。所有右边以“因为”开头的诗行为斯马特原来所写。

695 让塞浦路斯的猫[1]在坟中思念着旁人。

696 让塞赫迈特[2]以沙漠猫的嗅觉追踪掉队的人群。

697 让塔缪[3]待在王子的王冠上，直到黎明。

698 让落入陷阱的洛玛萨[4]费尽力气地打转挣扎着。

699 让芭丝特[5]的神殿将灾难升华。

700 让豪德寺[6]的招财猫吹灭朝圣者的火焰。

701 让欧姆尼克[7]追逐斯马特类疯狂的灵魂。

702 让所有动物园里的猫十倍赞美杰弗里！

703 让虎猫将出类拔萃的小猫送给杰弗里拥抱。

704 让狮子像在方舟上那样打喷嚏，带来一对又一对杰弗里。[8]

705 让黑豹在陪杰弗里玩耍后沉睡三天。

706 让野猫瓜分并享用他捕获的猎物。

707 让美洲虎威风一震，放倒所有杂碎。

708 让花豹教会杰弗里六种逃生方式。

---

① 塞浦路斯岛上有许多猫，据说大约 1 万年前就有“人猫合葬”习俗。

② 塞赫迈特（Sekhmet），已知最古老的埃及神之一，以狮头女身的外形呈现，象征着战争和医疗。

③ 塔缪（Ta-miu），古埃及第十八王朝王子图特摩斯（Thutmose）的宠物猫。

④ 洛玛萨（Lomasa），一只猫的名字，他与老鼠帕利塔（Palita）的故事被记载于印度史诗《摩诃婆罗多》中。

⑤ 芭丝特（Bastet），埃及神话中猫首人身的女神。

⑥ 位于东京的曹洞宗（原为临济宗）寺庙，是招财猫的发祥地。

⑦ 欧姆尼克（Ovinnik），斯拉夫神话中看管谷仓的神，看上去像一只大黑猫。如果人们按时喂养它，它便能帮助人类，否则它会发起攻击。

⑧《希伯来圣经 · 创世记》中记载，当时登上诺亚方舟的动物里并没有猫。老鼠在方舟上繁殖肆虐，诺亚不胜其烦，便敲击了下狮子的额头，狮子打了个喷嚏，世上第一对猫就从狮子的鼻孔跑了出来，替诺亚解决了鼠患。

695 因为我会想起我的猫杰弗里。
696 因为他是永生上帝的仆役，每日尽责侍奉。
697 因为他从第一次瞥见神的荣耀在东方出现起，就以他的方式礼拜。
698 因为心生崇敬，他会优雅敏捷地绕着自己身体旋转七圈。
699 因为那一刻他会跳起来去扑抓麝香，那是上帝对他祈祷的祝福。
700 因为他会在这香味里翻滚，渗透上帝的祝福。
701 因为他尽了职责，也领受了恩典，开始考虑自己。
702 因为他要分十步来完成。
703 因为第一，他要检查前爪是否干净。
704 因为第二，他向后刨土清理污物。
705 因为第三，他撑开前爪伸了个懒腰。
706 因为第四，他在木头上磨了磨爪子。
707 因为第五，他开始为自己舔净毛发。
708 因为第六，他蜷起身子，继续清理。

709　让山猫将自己的口粮藏一个星期。

710　让猞猁高兴起来——上上下下，无尽撒欢。

711　让猎豹带着杰弗里的九条命快速地逃离逻辑。

712　让狮子以滑稽的未知 X 标记 J ①。

713　让所有思想家都习惯猫不离书。

714　让约翰逊将他的好霍奇珍藏在他的书房里。②

715　让蒙田和他的猫女士好好玩耍。还是说，是她在与蒙田玩耍？③

716　让哲罗姆 ④ 的圣猫踏过他厚厚的资料去寻找老鼠。

717　让斯卡拉蒂为他的普尔钦内拉献上欢快的左手连弹。⑤

718　让“比白色更白”的猫一直伴随在那不知名的僧人旁。⑥

---

① “J”指代杰弗里。

② 18 世纪词典学先驱塞缪尔·约翰逊（Samuel Johnson，1709—1784）有只宠物猫叫霍奇（Hodge），他非常宠爱霍奇，经常带它出门并买牡蛎给它吃。如今在伦敦约翰逊故居处，有一尊霍奇的雕像，在那里，它坐在一本词典上，周围有几个被它吃光了的牡蛎外壳。旁边还写着：“实在是一只好猫。”

③ 米歇尔·德·蒙田（Michel de Montaigne，1533—1592），文艺复兴时期法国哲学家。蒙田曾说过：“当我跟我的猫玩时，谁知道是它跟我消磨时间还是我跟它消磨时间。”

④ 哲罗姆（Jerome，约 340—420），早期基督教重要的神学家、历史学家，曾将《圣经》翻译成拉丁文。

⑤ 多梅尼科·斯卡拉蒂（Domenico Scarlatti，1685—1757），意大利作曲家、演奏家。据传，他曾根据他的宠物——一只名叫普尔钦内拉（Pulcinella）的猫——在羽管键琴键盘上跑动所发出的声音创作了 G 小调赋格曲，该曲因此又被人们称为“小猫赋格曲”。

⑥ 《比白色更白》（*Pangur Bàn*），古爱尔兰诗歌，由一位爱尔兰僧侣于 9 世纪为他的白色爱猫所写。

709　因为第七，他清除身上的跳蚤，以免出击时遭到干扰。
710　因为第八，他靠着柱子蹭了又蹭。
711　因为第九，他在等新的指示。
712　因为第十，他去找吃的。
713　因为他服侍了上帝，打理了自己，他开始考虑他的友邻们。
714　因为如果他遇见另一只猫，会亲昵地吻她。
715　因为如果他抓到了猎物，便逗它玩，给它机会逃命。
716　因为他如此闲情逸致，七只老鼠里面总有一只能猫口脱险。
717　因为当他忙完白天的工作，正事这才开始。
718　因为他在夜里要当上帝的看守，时时盯防敌人。

719 让黎塞留的床头灯照亮卢多维克。①

720 让沃波尔为可怜的莎莉玛哀悼，那只可怜的被金鱼谋杀了的猫。②

721 让《尊主颂》③的光芒温暖所有生物!

722 让杰弗里别跟着任何披着可疑条纹的车辆走。

723 让见到他的人别惊讶，就算他露出了老虎的牙齿。

724 让杰弗里别活成一只五月猫（总是被忧郁笼罩）。

725 让那些诽谤猫的人咎由自取吧。

---

① 黎塞留（Armand Jean du Plessis de Richelieu，1585—1642），法兰西国王路易十三的枢密院首席大臣及枢机主教。他非常喜欢猫，据说在他的红衣主教府里养着上百只猫，他还会为每一只猫取名，卢多维克（Ludovic）便是其中一只。

② 霍勒斯·沃波尔（Horace Walpole，1717—1797），英国艺术史学家、文学家。他的猫莎莉玛（Selima）由于不慎掉入金鱼池而淹死。

③ 《尊主颂》(*Magnificat*）是基督教礼拜中常唱的颂歌。

719 因为他目光如炬，毛发如电，击退黑暗的力量。

720 因为他欢蹦乱跳，阻挡死神化身的魔鬼。

721 因为他在清晨祈祷之际爱着太阳，太阳也爱他。

722 因为他和猛虎是一家。

723 因为猫之于虎，恰似基路伯之于天使①。

724 因为他善良的天性中隐藏着蛇一样的诡诈，嘶嘶作响。

725 因为他会以眼还眼，但若是喂饱了便不会捣蛋。

---

① 基路伯在希伯来语中意为智天使。

726 让敲打猫咪的洗衣妇也被溅得浑身湿透。

727 让贺加斯[1]笔下那些戏弄猫尾巴的捣蛋鬼挨上一顿棍打。

728 让杰弗里别被苏格兰瞭望台的诅咒盯上。

729 让杰弗里别在佩鲁修姆[2]的城门口为士兵胸前挡枪子。

730 让所有斯马特都以猫为亲，每只小猫都必须被照顾。

731 让所有猎犬将陆地上的赞扬都献给杰弗里。

732 让猎犬被认为是人的镜像，但是猫？猫走在他们的前面。

733 让杰弗里既不是神也不是人的投射，顽强地忠于自己。

734 让杰弗里被赋予猎犬的骨架、牙齿和爪子。

735 让至今为止所有关于猎犬的陈腐观念都显得拙劣。

736 让杰弗里昂首翘尾地向前走去。

737 让他的步伐不受约束，与狗不同。

738 让众人皆知，上帝和斯马特那样的男人之间隔着虔诚的祷告。

739 让众人皆知，祷告会让这两者变成碎片。

740 让众人皆知，在猫发出锋利的嘶叫时，破碎的祷告也在作响。

741 让众人皆知，没有比用逻辑来连接两处碎片更病态的做法了。

742 让这两处碎片——神性的和疯狂的——之间有猫，就能将它们再次连接！

---

① 威廉·贺加斯（William Hogarth，1697—1764），英国画家、版画家。

② 曾经位于尼罗河三角洲最东端，古埃及和古罗马的重要海港城市。

726 因为当上帝称赞他是一只好猫时，他发出感恩的呼噜声。

727 因为他能指引孩子们学习仁爱。

728 因为若没有他，房屋便不完整，灵魂缺少祝福。

729 因为当以色列人离开埃及的时候，主就吩咐摩西别忘了猫。

730 因为每个家庭都至少有一只在袋子里的猫。

731 因为英国猫是欧洲最好的猫。

732 因为他是所有四足动物中将前爪清理得最干净的。

733 因为他的灵敏机巧便是有神偏爱的证明。

734 因为他迅如闪电。

735 因为他固执己见。

736 因为他既严肃又调皮。

737 因为他知道神是他的救主。

738 因为没有什么比他休息时的安宁更甜美的了。

739 因为没有什么比他运动时的生命更活泼的了。

740 因为他站在主的困苦之人这一边，因此他永远被仁慈所召唤——可怜的杰弗里！可怜的杰弗里！老鼠已经爬上了你的脖子。

741 因为我以主耶稣之名，祝福杰弗里更好。

742 因为神的灵魂来到他的身上，在猫的体内栖息。

743 让特别的猫继续保持奇怪的作息和终日不停的叫喊。

744 让猫的思维将人类甜蜜地挡在外面。

745 让猫舍抚慰在床上、在桌前或流浪在外的逗留之人。

746 让喵喵声提醒我们：日子，就是整日待在桌前。

747 让待在桌前的人将猫视作跳跃的拜占庭人一样去崇拜。

748 让待在桌前的人像猫那样分散脑海中的欲念和恶作剧。

749 让猫的恶作剧变成摇摆的分身，好让待在桌前的人高兴。

750 让猫摇着身子经过一桌又一桌，一人又一人，就像是民谣一样被传颂。

751 让猫摇着尾巴走到那些困于苦差之人的桌子旁。

752 让猫摇着小调赶走那些陷入困境和疾病之人身上的死亡钟声。

753 让猫摇头晃尾地入侵大陆和殖民地。

754 让上帝祝福那个送来摇摆杰弗里的斯马特！

755 让摇摆猫之梦一丝不苟地解决所有的桌上困境。

756 让 J 成为缺失的形式——祝福那些第一眼看漏了的人！

757 让 E 成为杰弗里的眼睛，过目就忘有关我的一切。

758 让 O 成为不合逻辑的警戒，就比如猫在似睡非睡时。

759 让 F 成为大大小小的猫科动物——哦神圣的猫！——加倍卓越。

760 让 R 成为我们犯的错，我们前行的动力，而不只是我们自身。

743 因为他的舌头极其纯净，所以在奏乐里所求之物亦纯净。

744 因为他温顺乖巧，能学有所获。

745 因为他能在重力下直立，为了赞许而忍耐。

746 因为他能来回取物，为了工作而忍耐。

747 因为他能跃过棍子，便是忍耐的铁证。

748 因为他能在一声令下中摇头晃尾。

749 因为他能从高处跳入主人的怀抱。

750 因为他能抓住软木塞，然后再把它扔出去。

751 因为他被伪君子和守财奴憎恶。

752 因为前者害怕露馅。

753 因为后者拒绝承认。

754 因为他弓起了他的背，开始思考。

755 因为他善于思索，只要主人擅长表达。

756 因为他在埃及完成了许多重要的事奉，地位尊贵。

757 因为他在陆地上杀死了危险的猫鼬。

758 因为他的耳朵过于敏锐，又开始疼了。

759 因为他总是飞快地转移注意力。

760 因为抚摸他时我感觉到了电流。

761 让 Y 成为“是”；两条短路通向一行诗，哪一条才是求索之路，杰弗里？你所选即所是，杰弗里。

762 让七十四行以“让”开头的猫遇见七十四行温暖和被需要的爱。

763 让每一行猫都在永不停息的祈祷中摇头摆尾，成为爱。

764 让杰弗里在路上漫游，让他不声张的徘徊成为爱。

765 让他的肉垫踩着道路，找到那个人，四脚朝天地露出肚皮，因为爱。

766 让猫跳着吉格舞，跳着布雷舞，跳着萨拉邦舞，以爱之名围绕着我们。

767 让一只猫救起一个溺水的人，成为爱。

768 让爱成为他的守望。

——献给亚历克西·莫里西（Alexi Morrissey）

761 因为我感受到在他身上，神之光耀蜡火交融。

762 因为电火属灵，那是神从天上降火以供养人和兽的身体。

763 因为神在他的各种活动中赐福于他。

764 因为，虽然他不会飞，但他是出色的攀登者。

765 因为他在地面上的活动比其他任何四足动物都要多。

766 因为他会伴着音乐声随地起舞。

767 因为他从小就会游泳。

768 因为他会潜行。

明星鸟

Vogel Staar

欧洲椋鸟

1784

他并不淘气，
又快乐又聪明。
在他喋喋不休时，
尾巴滑稽地摇摆。

——沃尔夫冈·阿马德乌斯·莫扎特

给笼中的椋鸟哼一段莫扎特。一旦这只鸟知道人类是会唱歌也会听歌的生物，它就会安静下来，拱起脖子，朝你噘起嘴，弯腰探望。它可能会一边听着你送出的莫扎特曲子——“帕帕吉诺、帕帕吉娜”[①]的流行曲调或是玻璃琴演奏回旋曲时发出的叮咚脆响——一边晃动它黑色的脑袋。虽然关在笼子里的椋鸟从早到晚都唠叨个不停，但此刻它会专注聆听，眨眨眼睛，安静地将身子对向哼出音乐的你。它还会跟着节奏不断点头，好像在说，是的，是的，我听懂了。

但椋鸟不是鹦鹉。别指望当你哼出“一闪，一闪”，那边就会接上“小星星”。你得来回哼上一天或一周，鸟儿才会认得这些音调。你把莫扎特喂给它，它会把椋鸟式的滑稽风格吐回来：在哈夫纳交响曲[②]中夹杂从喉咙发出的颤音，或是在单簧管协奏曲著名的柔板章节中混入洗碗机才会发出的诡异声音，或是在“夜之女

① 帕帕吉诺是莫扎特的歌剧《魔笛》中捕鸟人的名字，帕帕吉娜是他的妻子。
② 莫扎特的《第三十五交响曲》又被称为哈夫纳交响曲。

王”[1]的咏叹调里唱出堪比比吉斯乐队[2]的尖锐高音。

再过几天，你之前哼唱的莫扎特片段便会从鸟笼中传出来，那是一串几乎无法辨认的断断续续的乐音，它们组合在一起多么混乱无章，却将人牢牢吸引。你会听到莫扎特的音乐、你自己的声音、你所住房子里的白噪音，再加上椋鸟自带的低鸣：

一闪——哔滋——“嗨，你好吗！”——（门铃）——一闪——叽叽喳喳——哔特！哔特！噗！——小——（烟雾报警器）——“嗨！你好！——星——（比吉斯乐队高音）——星——！

这是一场不断重复的疯狂电子音乐会。

我们不知道为什么椋鸟会做出这样的行为，可能是因为这种鸟天生就会对着它的部落唱歌。“部落”的形式有很多种：比如一对夫妻，一窝兄弟姐妹，田野伙伴，或是附近田里一起回家过夜的同类。所有这些部落都有自己的声音。当雌椋鸟捕猎的时候，她的伴侣会久久地为她吟唱。一只年轻的椋鸟会向附近的家人不断发出声音，以确认自己的安全边界。一只上了年纪的椋鸟会借一串长长的此起彼伏的鸟鸣来证明自己经验丰富，以此在群体中树立地位。

这种部落的声音机制或许可以解释，为什么当上万只椋鸟共

---

① “夜之女王”是莫扎特所作《魔笛》中的章节。

② 比吉斯（Bee Gees）乐队，1958 年成立于澳大利亚，成员为英国三兄弟，首创以全“假音”飙高音的演唱形式。

同飞行时，每只鸟都会细细观察离它最近的七个伙伴是否有轻微的速度或角度变化，并以断续的尖声、有节拍的鸟喙声和猛烈的哨声来互相提醒，共同避开老鹰。所以我们描述椋鸟群并不是以“一队”“一批”“一众”，而是用一个以声音为特征的词：一“叽里咕噜”（murmuration）。

所以，在维也纳的某个春日，当二十八岁的莫扎特穿着暗红色外套，头戴金边帽，昂扬地走进一家商店，对着笼中的一只椋鸟吹起口哨时，什么样的“叽里咕噜”开始了？那只鸟一定全神贯注地盯着莫扎特的嘴型目不转睛，那正是他最新创作的钢琴协奏曲的开场段落，共有十七个音符：

莫扎特在G大调中的重复段旋律简单好听，在许多民乐里都能听到，所以这只椋鸟可能在那一整个月里也会从其他顾客处听到类似的曲调。又或者莫扎特自己也来过几次，反复哼着这段旋律，因此这只鸟铭记于心。无论出于何种原因，这只椋鸟学会了这首曲子，在1784年五月二十七日那天，它向作曲者鸣唱起来——但保留了点创作自由。

这只歌唱的小鸟将四分音符唱得磕磕巴巴，还在第一个整小节的末尾擅自加了戏剧性的延音，我们已无从得知它颤颤巍巍地将G音拖了多久。在下一个小节里，它又加长了莫扎特断奏的音头，并用两对雀跃的四分音符代替了原本略显沉闷的装饰音。这只椋鸟胆大妄为地将第二个小节的两个 G 音升高，而任何一位配得上假发套的威尼斯作曲家都会让它们保持自然音。由鸟发明的这几个升 G 音将原本结构稳定的民谣曲调带入了一个更为和谐复杂的境地，不再采纳之前乐章中的自然 G 延音，而是直接推向下一个乐句的音符——A 音——这就变成了提了音高的 E 大调和弦。

莫扎特显然喜欢这个改编，他一眼相中这只椋鸟并将它买了下来。他还在记账本上画了一个小小的高音谱表，将购买记录和椋鸟的改编记了上去：

明星鸟①，34 克鲁策②

除此之外，这位大师还在笔记上飞速地写下：妙哉！

在莫扎特的记账本上就没有其他宠物的购买记录了，也没有其他手写旋律，更没有被如此赞扬的交易事项。关于他的购物习惯我们所知甚少，这是其中之一。那一年他刚开始记账，但是到了夏末又放弃了这种做法，只在本子上留下了潦草的涂鸦。于是，

① 莫扎特为这只椋鸟取名为“Vogel Staar”，“Vogel”在德语中意为“鸟”，“Staar”应是单词“Starling”（椋鸟）的变形，同时也可表示“明星”之意。按照莫扎特比较张扬高调的性格来推测，此处将这只椋鸟的名字译为“明星鸟”。

② 旧时德国和奥地利的十字硬币。

这笔账目在有关他个人生活的残片中显得尤其特别。

他买下这只鸟的时期，也是欧洲古典音乐的关键时期。在十八世纪末，曲调变得前所未有地灵动，也前所未有地保守，作曲家痴迷于奏鸣曲式的修辞手法：首先建立一个主题，然后通过一个新的主题和调子来制造张力，再将它延伸成一套眼花缭乱的演绎，最后以欢乐喧闹的尾声结束。古典交响乐、奏鸣曲和协奏曲都渗透着对这种四部结构的理解。到了 1784 年，奏鸣曲形式已经深深烙印在观众的听觉文化中；维也纳的观众可以毫无障碍地浸润在古典乐的形式里，和听人说话没什么两样，熟悉又令人愉悦。在这个机巧的游戏上，没有人比莫扎特玩得更尽兴。

在约翰·克里索斯托·沃尔夫冈·阿马德乌斯·莫扎特为人类之声所做的所有贡献里，最重要的可能是他所带来的惊喜。他的作品，虽然总是遵守规则，但也充满了不安分——导音在根音上逐渐消失，当旋律趋于平淡时总会跳出来一段变奏让人为之一振，小步舞曲繁复的切分节奏令舞步难以跟上。他的钟爱之作《D 小调第 20 钢琴协奏曲》并非以强劲的旋律开始，而是由管弦乐队送出一段重复的跳跃音符。他早期歌剧中的歌曲常常因其非常规的结尾让观众感到困惑。他陶醉于 A 小调这样带着动荡不安气息的调子。

这些常规套路中的反复无常使他成为了明星。正如德国人的老话，巴赫的音乐为我们带来上帝的言语，贝多芬带来了上帝的怒火，而莫扎特则为我们带来了上帝的笑声。他在歌曲中找到了意外之喜，擦亮了音乐中的幽默、俏皮和通俗，这让在魔术盒里憋了许久的小人一下子蹦了出来！

所以对于这位大音乐家来说，这只椋鸟唱出的升 G 音一定不止于笔记上的“妙哉”，比起区区三十四克鲁策来说更是物超所值。想一想——他吹着口哨，将维也纳的黄金乐谱送进带羽毛小家伙的脑袋里，接着这只动物晃了晃它的小脑袋，以一种华丽的、离经叛道的方式将这首曲子又哼唱了一遍，非常具有莫扎特的作风。这不仅仅是“妙”，而是以游戏认出了游戏！难以想象还有比这更珍贵的时刻：历史上最伟大的思想家之一和一只鸟心有灵犀。

我们对椋鸟的大脑依然知之甚少。莫扎特去世约二百二十五年后，我们的科学才刚刚开始了解这个物种复杂的身体结构和行为模式。最新的研究发现，某种类型的椋鸟之歌具有一种固定的音乐结构。比如所有求偶的雄鸟都会将它们的情歌分成四个段式：口哨、颤音、单击和尖叫，单一结构之下的音乐依然变化多端，使得不同的椋鸟会鸣出完全不一样的音乐。

每只鸟都以一组重复的哨声开始——一种类似于笛声的开场。接下来，当它喉头的羽毛一起一伏时，它便是在编织一连串令人发狂的音乐片段——少到十个，多到三十五个——都是降了调的，其中一些音乐片段来自附近器物的贡献，可能是除草机，或是手机铃声。就是在这第二部分中，“一闪、一闪”遇上了叽叽喳喳、烟雾报警器、比吉斯乐队。紧接着它猛然进入第三部分，即连续有力的打击乐独奏。它的喙以急板速度喷出此起彼伏的切分和细小的咯咯声，小嘴每秒能动十五下。最后，它以一记高亢响亮的尖叫作为高潮收尾，声量足以惊醒邻居。

完成这四个部分总共要花整整一分钟，然后这只椋鸟便会沉默片刻。有的鸟儿唱完之后甚至还会鞠躬。

几乎所有在野外求欢的雄鸟都会遵循这种模式。我们如果仔细听的话，就能分辨这四个部分。一只鸟可以在他的曲库里记下许许多多随机声音，所以椋鸟之歌的排列组合是无穷无尽的。与莫扎特及其他音乐家的作品不同的是，椋鸟之歌中并没有可辨识的规律或是关键指示，用来指导椋鸟从口哨部分过渡到颤音部分，或是从单击到尖叫。在每个部分，鸟儿都是随心所欲。这给了被求爱的雌性椋鸟两种截然不同的乐趣：她可以寻找熟悉的歌曲结构，也能享受到结构中的自由发挥——这是她爱人独一无二的灵魂。

由于椋鸟吸音的特质，它的歌声虽然多姿多彩，却不一定那么悦耳动听。整个世界都涌进了它的音乐中；真实遇见了疯狂，欢欣撞上了自负。快乐、丑陋、刺耳和神圣组成了椋鸟的音乐。虽然不像夜莺或云雀的歌声那样动听，但椋鸟的歌唱丝毫不露怯。

不过，就算我们对椋鸟的创作掌握了不少信息，但至于它是如何办到的——究竟是什么样的灰质能让椋鸟自己写歌，并改变曲调——依然是个不解之谜。经过了千年的探索，我们还是无法知道椋鸟大脑中的哪个部分是用来处理歌唱的。很有可能整个过程都是人类所不具备的心智功能，或是我们中的多数人都办不到的。

莫扎特的大脑和椋鸟的一样神秘。它从未被解剖过，莫扎特的基因在他两个幸存的孩子去世之后也再无线索。1801 年，一位掘墓人声称发现了莫扎特的头骨，但没有人能证实他的说法。在过去的两百年中，我们反复琢磨他留下的六百多首作品，一直在猜测莫扎特的脑子到底是如何运作的。从“一闪、一闪”到安魂曲，他的音乐不断出现在我们的生活中，也始终让我们琢磨不透。

近年来，计算机技术仔细研究了莫扎特留下的亲笔乐谱，发现他用了多种墨水在纸上做了一次又一次的修改，这样一来，关于莫扎特“永远长不大”或“接受了神启”的旧观念逐渐瓦解。我们现在知道了，莫扎特在整个职业生涯中不断地创作和练习。他并非仅仅是将体内的音乐灵感吐出来；音乐之声已经在他体内酝酿了几十年。

不过，他的勤奋不足以让人释怀他的轻浮和跋扈，无论是当众还是私下。许多人都想知道，为什么如此追逐完美的大脑会这样沉溺于破坏欲。莫扎特喜欢闲聊、玩乐、出人意料。比如，谁能想象巴赫或贝多芬会像莫扎特那样，当舞台上一位独奏者正沉闷地演奏着《费加罗的婚礼》中的一段时，这位创作者就从椅子上跳起，上前胡闹起来，不仅打断了那蹩脚的表演，还唱起了那段旋律的反调？

在一些戏谑曲调中，我们还看见了某种低俗的风格，其中有许多与他的杰作同期诞生。事实上，莫扎特的作品有一种雅俗二重奏的现象。在创作了《幻想 1 号》的同一年，他还创作出了《品菊》(*Lick Me in the Butt*)；那段时期里，他创作的另一首卡农以不同语言的“晚安”开始，接着又有另一首歌唱着“呸呸!”，还有一首歌有着关于在床上排泄的污秽歌词。

除了在琴键上嬉闹，莫扎特还热衷于不雅的文字游戏，比如在给表妹的信里他这样写道：

> 垃圾！——垃圾！——哦，垃圾！哦，甜蜜的字眼！——垃圾！——垃圾！那也很好！——垃圾，废物！——垃圾！——该死——哦迷人的！——垃圾，恶心！——我喜欢这样！——垃圾，废物和恶心！——废物垃圾和恶心垃圾！①

有人认为这位大师神秘的大脑活动是因为受妥瑞氏症②所困，或至少是有注意力障碍。他的姐夫猜测莫扎特是通过混合“音乐中的圣洁思想和……突如其来的粗鄙滥调”来“制造出轻浮随意的表象，以此掩盖内心的紧张”。但这就假定了莫扎特的粗俗部分并没有沾染他的神圣部分，而下这一结论为时尚早。

即使我们现在知道了莫扎特的大脑并不是上帝的传真机，但许多人仍将它描述为天籁之音的神龛。他全部都要又何妨？通俗和严肃的音符，正确和错误的音符，包括那些鸟声响起时升了半调

---

① 原文在读音的相似性上可构成文字游戏。

② 一种抽动综合征，遗传性的神经内科疾病，患者会不受自主控制地清喉或耸肩、摇头晃脑等。

的音符，一个痴迷于完美的男人明白完美也需要畸变。或许莫扎特是在与蹩脚音符、粗鄙歌词、外语和废话游戏，收集所有可能的表达方式，就像是椋鸟吸收各类声音最终学以致唱？

早些时候，在小莫扎特还在为贵族表演蒙眼弹奏的绝技时，他就已经将即兴游戏玩得出神入化，就像是一场十八世纪的“斗乐”。往往，宫廷作曲家或几个资深鉴赏家会在琴键上来一段稀疏的低音旋律——有时候是用和声或对位完成。然后，那些资深的竞技者便会用不同的旋律回应，莫扎特紧接着对他们的作曲进行再创作，反反复复，直到其他挑战者全都知难而退。小莫扎特之前并没有尝试过这种游戏，但他的皇家听众对这种现场的即兴演绎非常满意。莫扎特就是这样成长起来的——追赶着从他身边飞过的旋律，寻找每个音符变化的可能。正是这些创造让莫扎特一家在宫廷保有一席之地，沃尔夫冈敏感的神经末梢也可以被看作音乐赋予的生存技能。

多亏了最近发现的一种大脑的高层连接，我们得知椋鸟也是以类似的方式接收外界信息。一些科学家通过视频模型推导出，椋鸟的身体是在“临界”状态下飞行的，这意味着它们所有的物理接收器——小到细胞，甚至到蛋白质——都在适应群体内同步发生的剧烈变化。飞翔的椋鸟群能在半空中同时做出俯冲、盘旋、蜷缩的动作，这种联系超出了生物学的范畴，更接近物理学。飞行中的每一只椋鸟都至关重要，就像是磁铁中运动的原子，每一只椋鸟的身体里都记录着相邻同伴的信息。不过这仅仅是一个理论。椋鸟的行为远远超出了我们目前的理解范围，已有的证据并不牢靠。虽然和椋鸟一起生活了几千年，但我们仍在摸索如何才能准确解释它们生命中的某些现象。

莫扎特可能将他装着椋鸟的笼子放在了有台球桌的房间里，他经常在那里作曲。也可能放在了卧室，他不睡觉，经常清醒地拿着羽毛笔和笔记本写写画画。当屋子里其他人都在睡觉的时候，此人和他的鸟都在唱歌。无论那几年他们怎么生活，这只鸟都陪莫扎特度过了他音乐生涯中最具活力的三十六个月。这位大师将他的钢琴从音乐室和梅尔格鲁布音乐厅中搬进搬出，音乐会的邀约不断。列奥波尔得·莫扎特在一封信中抱怨说，他儿子家每时每刻都挤满了吵吵嚷嚷的东西：学生、排练小组、闹到深夜的即兴演奏会。他们无休无止的喧闹让人不得安宁。据说莫扎特讨厌独处，即使是在他工作的时候。在那三年里，他产量颇丰。

在教堂街那座租金不菲的公寓里，莫扎特用不到三年的时间创作了六十多首曲子。我们至今还耳熟能详的钢琴曲就是在这座公寓里诞生的。《海顿四重奏》在那里首演，《第 41 号交响曲》在那里开始，《费加罗的婚礼》也在那里写完了最后一章。除了这些重量级的篇章以外，莫扎特还在这三年创作出了若干迷人的小调，比如《第 21 钢琴协奏曲》开场时翩翩的华尔兹，以及《弦乐小夜曲》第二乐章浪漫曲中的恢弘音程。两个世纪以来，人们随口哼唱的旋律可能就是出自天才莫扎特，还有他的明星鸟。

你可以猜到，莫扎特的椋鸟准会将它听到的旋律玩得面目全非。当莫扎特将曲子打磨得“锃亮”，这只鸟便会以半速或两倍速的方式将其颠来倒去，再将其中一个无关紧要的音符连续鸣上五秒钟。不难想象，莫扎特会喜欢这样的合作，因为他花了很多时间去找各种各样的“鸣禽”。椋鸟是给予莫扎特灵感的另一个音乐家——就像是海顿和其他维也纳顶级小提琴家，又或是像他有着惊人音域的女高音大姨子所做的那样。与这些女歌唱家、作曲家和演奏名家相比，这只笼子里的鸟栖息在古典音乐盒最外围的地方。它咽下所有被投喂的声音，再以椋鸟独有的方式将其吐出。

想象一个适合作曲的清晨，放椋鸟的笼子摆在了第六十个键左右的位置。莫扎特走进房间，衣着光鲜，身后跟着发型师。他还在打理这位音乐大师假发辫子的发梢，因为眼前这个脑袋总是无法好好安分下来。

莫扎特踢了踢琴凳，站在了乌木钢琴旁，一旁的椋鸟晃了晃身子。有个主题已经在他的脑海中萦绕了好几天了，他需要一鼓作气将它梳理出来。他找到了主调，明亮的G大调，在主音和下行四度音程间跳跃萦绕。紧接着，他将旋律反拉上行跃进，以“曼海姆火箭”① 般令人惊叹的八度音程，在琶音中直跃到纯五度音高。

---

① 曼海姆火箭（Mannheim Rocket），18 世纪时德国曼海姆地区盛行的一种演奏手法，也是“曼海姆乐派”（Mannheim Stile）最重要的作曲风格之一。1906 年，“曼海姆火箭”这个名词被著名的德国音乐学家黎曼（Hugo Riemann，1849—1919）首度提出，指在简短的旋律上以不同的变化演奏出具有爆发力的音乐效果。

莫扎特一只手在琴键上弹奏，一只手将旋律记下，几乎要来不及记。琴键上的音符都跳到了琴谱上——就像旋律本身那样欢乐地抖动着——忽然从笼子里传来断断续续的声音，非要和这流利的钢琴声对着干：噗——噼！啵噗——叽叽！啵——噗——啵——噼滋？——哔噗？——舔我的屁股——砰！

莫扎特转身看着这只鸟，鸟儿也移步到了笼前，盯着人看。相比大多数哺乳类宠物，椋鸟对人类眼神的反应更为敏感；它们能察觉自己何时被人注视，而且不怕被盯着看。加上灵敏的触感反应，这些特征使得椋鸟和人类之间有了深层连接，因为我们也是喜欢眼神交流的物种。一位鸟类学家称椋鸟为“穷人的狗”，因为它能和人沟通，也能表达忠诚。声音能够帮助加深鸟与人之间的这种联系，就此而言，还有什么方法会比二重唱更好呢？

莫扎特打开鸟笼，小鸟便跳到了他的胳膊上，并一路尖叫着（啵——噗——啵——噼滋？——哔噗？——舔我的屁股！）跳上了他的袖子。莫扎特叹了口气，继续写曲，那只鸟不停地哼哼唧唧，咿咿呀呀，搅得一团乱。

两个世纪后的今天，这个星球上每天都会有人演奏这首曲子：以弦乐演奏的《第 13 号小夜曲》的开场，即更为人熟知的《弦乐小夜曲》。这首曲子在进入新的大调之前，诡谲地进到了 D 小调。

听起来，就像是一个小恶魔临时起意，在旋律耳边嘀咕了什么惊天秘密。

莫扎特的另一首顽皮之作《音乐的玩笑》几乎与完美的小夜曲同时出现，很有可能就是诞生于同一个键盘。虽然这首曲子更为灵活，也不像“品菊曲”那样粗俗，但这首嬉游曲是一种双重折磨，它对一段蹩脚的古典音乐进行了二十三分钟的无情模仿。音符像是滑稽的启斯东警察[①]一样上蹿下跳；曲子的发展部不知所云地闹腾着，倒也极具辨识度；四个乐章都有滑稽的“演砸了”部分——不过正是这些未经修饰的干扰，为《音乐的玩笑》全程平平的演奏提了神。这些刻意为之的失误就像是椋鸟在说话：它们是鸟儿在商店里回应的升 G 音，是蠢行被升格后的艺术。

在小步舞曲的乐章里，圆号以错位的半音重复着相同的主旋律，就像是狗在乱吠；在柔板乐章中，中提琴以两倍速发出颤声，像是烧开了的茶壶在咆哮；最妙的椋鸟式间隔出现在最后一个乐章，跳跃的音符重复了一遍又一遍，就像是勇往直前永不停歇的勇士，直到听者祈求它结束。莫扎特想到了如何收尾（谢天谢地），他并没有将最后一段旋律停留在主调上，而是将所有合奏挤在一起戛然而止，犹如车子在刹车前发出的刺耳啸声。这可能是

---

① 启斯东，20 世纪美国著名电影制作公司，以滑稽喜剧闻名。在启斯东的电影里，警察往往是被耍得团团转的滑稽形象。后用“启斯东警察”暗指“无能、愚蠢的人”。

整个古典时期里最不古典的音乐结尾。在最后一小节，不同的乐器以三种不同的调子演奏块状和弦！这突然的结束听起来就像是弦乐手将他们的提琴扔出了窗外：

在一连串错综复杂的失常音符中，你几乎可以听到椋鸟正站在莫扎特的肩膀，摇着脑袋，喋喋不休："这战争——噼滋？舔我的——喳喳——啵——巴哈——妙！"

1787年，莫扎特终于承受不了一涨再涨的豪华公寓租金，全家搬进了主街上的一座小公寓，租金只有原来的十分之一。尽管他们正在削减开支，莫扎特还是带走了这只鸟。我们之所以知道这一点，是因为几个月后这只椋鸟去世，莫扎特举办了隆重的葬礼，搞得满城皆知。

六月初的那一天，莫扎特的新家迎来了十二位精心打扮的哀悼者，他们身着巨大的羽毛装饰，拿着羽毛扇或是戴着带喙的黑色面具。宾客们先是欣赏了一曲室内乐团合奏的挽歌——自然是由莫扎特编曲——然后听了这位大师朗诵他写给明星鸟的短诗。

在这首诗里，莫扎特想象着这个“小傻瓜”并没有意识到它已经死了，它低头看着莫扎特，深情地吹着口哨。如今升入天堂，这只小鸟自由歌唱，犹如它在人间那样。只是到了最后一节，这只鸟唱得太久，忘记了它的守护者和合作者，留下这位音乐大师在地球上独自写着韵脚（尽管写得很不错，莫扎特自夸道）。

没人知道莫扎特为什么会策划这场疯狂的葬礼，也无证据表明他曾以这样的方式哀悼过其他生命。诗篇、挽歌和葬礼都可能只是故作庄重的仪式——莫扎特很少放过制造奇葩派对或是精彩噱头的机会。而另一方面，他可能确实带着肃穆的心情，因为众所周知他的确心爱动物。但他为什么要公然哀悼一只宠物椋鸟呢？这待遇就连他的父亲也没有，一周前，他父亲在萨尔茨堡去世，甚至没有葬礼。

这只椋鸟的葬礼，就像三年前它被买走那样，是莫扎特一生中至今令我们困惑的片段之一。几乎所有的莫扎特传记作者都提到过它，困惑被抛向虚空，他们知道永远不会有答案。为什么要买一只鸟？为什么埋葬它而不是父亲？为什么穿着红色外套？为什么有双关语？为什么有那么多音符？为什么今天还弹着小夜曲明天就和屁股有关？是否可能只通过声音就爱上一只动物？不知。不知。不知。

许多问题都不会有答案。当上帝派来的天才写下《唐璜》；当无数微小的生物振翅而飞，声如雷鸣，遮住了太阳；当五百只椋鸟从天而降，悄无声息地掉在浅水池塘；当一个天才买下一只唱歌的鸟儿，只因为他的生活充满喧闹，却若有所失。

这位天才在三十五岁便走向生命终点，使一切更为扑朔迷离。两个星期后，他四肢浮肿，一次又一次地失去知觉。尽管身边的女人们都在啜泣，他还是不断地讲着笑话，不断唱着歌。医生们为他抽血，将针头刺进他的肉体，他们只能凭猜测去诊断。然后，莫扎特将他房间里的宠物金丝雀放了出去，女人们哭得更大声。因为当他放走他的鸟儿时，有一件事是肯定的：他已准备好撒手而去。

窗外，在莫扎特所住的主街上，这位天才最著名的歌剧作品正在上演。有一次，他告诉妻子，他可以听到女高音正在冲击咏叹调的最高音。在那出歌剧的最后一幕中，一位孤独的捕鸟人走上舞台，他浑身都是羽毛，准备赴死。他唱着一连串蹦跳的断音——“啪！啪！啪！”——转身正好看见他的同伴挥舞着翅膀跑了过来。她点着她小小的、毛茸茸的脑袋，与他眼神交汇，唱着：“啪！啪！啪！”——向他奔来。

哈丽特

Harriet

加拉帕戈斯象龟

1835

尽管他矢口否认，但我们知道他至少收集了一只乌龟。

——保罗·钱伯斯（Paul Chambers）

我不明白她为什么没能活到两百岁！

——“鳄鱼猎人”史蒂夫·欧文

（“Crocodile Hunter” Steve Irwin）

1835年，当小猎犬号抛锚停船的时候，你已经能多快就多快地躲在了最大最粗的巨叶下。数十名饥肠辘辘的水手持长矛跳下船，过不了多久便会切开遇上的第一个龟肚子。其他船员则沿着深处的路轨走到岛的高处，山上的龟身子更长，脖子上的纹路也更深。再过几个小时，这些龟全都会被运往船上，你和十几个伙伴被他们用桨和帆布制成的临时担架抬了回去。一头巨龟需要三个人运送。

大地都在颤抖。一个大块头的男人背着一只十五英石重的巨龟，他将龟的四肢绑在了肩上，龟壳像是背包。你将自己缩在了壳里。小姑娘，别动，别发出声音。不过你不用担心太多，因为你身上并没有多少肉，伺候你成为盘中餐并不值当。

就在你右边，有步子正在悄悄接近。一条干净的裤子，一阵轻微的咳嗽：船上的博物学家来了。甚至在看到你之前，他就能感觉到你。他打发走厨子，并向其他人大声建议，也许将几只小的、年幼的乌龟留在船上会更好，长年累月，它们长大了，就有可能满足全员几周的口粮。他毫不费力地将你捧在了他小而软的手掌上。“乌龟”，他这么称呼你，而不是像称呼你的大个子同伴那样称你为“托平龟”（Turpin）[1]。你紧闭嘴巴，动了动舌头，发出两声嘶嘶声。多么美妙。

不久他就会给你取名为“哈里”，但他肯定也察觉出你实则女儿身。当他调皮地弹击你的身体，用手指包围你柔软的、咸咸的下腹部，细细地检视每一寸壳纹、每一块肌肉时，你能感觉他温柔的触摸。当他亲手揉碎粉色的花瓣喂你时，你感到喜悦。回到船舱后，他会在灯下为你画像——光影交错下，你格子花纹的外骨骼上有了红绿色的光芒。他会哄你从壳里伸出脖子，挠挠你，量一量，记一记，一边喃喃自语着“了不起”。你试着在他耳旁呼唤他——查理[2]。

劳森[3]，加拉帕戈斯群岛流放地的狱卒，他是个绅士，也是你的介绍人。谣言是真的：孤独的劳森在每一个港口都有一只巨龟——在你看来，他对这些乌龟们的关注有些过度。你并没有和劳森整天待在一起，但是查理有。他在笔记本上潦草地写道：“劳森先生声称他只要看看某只乌龟，就能说出它是从哪个岛来的。”

他肯定能，你这样想，低头看着查理用可爱的笔迹画你的稍显古怪的画像，画上你的脖子歪了。但好在，劳森告诉查理你是被抓来的，在非洲或西印度群岛中找不到你这样的乌龟，当然在

---

① 加拉帕戈斯象龟的旧称。

② 达尔文的昵称。

③ 尼古拉斯·劳森（Nicholas Lawson，1790—1851），出生于挪威，曾在加拉帕戈斯群岛担任官员。他帮助达尔文意识到物种可能是可变的。

英国也不可能。现在，当他看向你那独特的外壳，一种野性在他心中激荡。

当水手们在小猎犬号上费劲地处理其他乌龟的时候——在海上，有时候船上的人一天要吃掉三只成年乌龟——你安枕无忧。他们会一刀砍下乌龟的脖子，采集从喉咙处溢出的几加仑淡水，但你相信查理对你心照不宣的承诺，他会带你远离这一切。当然，晚餐时分他也会和船员一起啜食你旧时邻居的膀胱，然后评论道“有一点苦”，但他这么做是为了护你安全，避免怀疑。你不是晚餐，你是与众不同的。

他越来越强势，你这样想。当查理在桌子上敲拳头的时候，船舱内的地板不禁摇晃。菲茨罗伊船长[①]以为他雇了个神学院出身的科学家同行，是为了证明世界在七天内创造。将你带上船的一些天后，查理就好像变成了一个骗子。他和船长吵得不可开交，但查理没把你卷进来。相反，他们讨论的是雀鸟。

“那些岛屿和《创世记》一样古老。”菲茨罗伊咆哮道。

“不，”查理说，“这些岛屿还很年轻，随着岛上的生态越来越多样，雀类的喙也会随之改变。”

“因为一个岛，而不是我们的上帝？”船长差点掀了锅。

---

① 罗伯特·菲茨罗伊（Robert FitzRoy，1805—1865），英国海军中将、水文地理学家、气象学家，于 1831 至 1836 年带领小猎犬号。

如果我们能适应一个不断变化的岛屿，那谁说我们不能为爱而适应？你这样想。说到底，适应不过是一种劳动：爱由化学反应推动，当有另一个人欣然呼应时才算成功。是什么让一个人与众不同，是什么造就了一个物种，是什么让地球上唯一的变化变得如此重要——它永远是爱的产物：一只角，一根脖子，一只可以杀人的爪子。

因为我们生来就不是为了交配、堕落和死亡。我们生来就不是为了复制上帝在很久以前，在地球变平或是星星领着船只穿越潮湿的黑暗之前，就已经拼凑出来的形象。我们生来就会运动——跳着或爬着。在进化的向量中繁殖、进化。当我们以自己的意志赶上了变形的岩石和可塑的海洋时，我们也给了上帝一个惊喜。

听我说，查理。他的瞳孔转向了你，更为深邃。这是你已经知道的事。你和他一起，可以将上帝弄错的身体、心脏和血液的位置重新标出来。

将进化的过程逆向连线，褪去外壳、鼻子和脚趾，回到一个原始的图像：同一个胚胎在一个人类、一条蝾螈、一条鲑鱼的卵巢中旋转。

一年后，当你终于抵达英国，迎接你的并不是羽毛床和泥巴浴。成箱的标本——鸟类、植物、虫子、古老的岩石——都进了他的书房，他将它们分门别类进行分析。唔，你一边咀嚼着蔫了的西洋菜一边想着，没有乌龟。你是他唯一想要留下的，其他乌龟的遗骸都随着污水冲下船去了。

在那个秋天，你会在大英博物馆最通风的房间里，和其他三个与你年龄相仿的姑娘一起在砧板似的桌子上瑟瑟发抖。惊喜吗？——你们都来自小猎犬号，是藏在绅士们船舱里的四个秘密。即使是虔诚的菲茨罗伊船长也悄悄地养了一只加拉帕戈斯象龟——名叫迪克，来自艾斯潘诺拉岛，是海滩上最漂亮的一只。在桌子上，她把头缩进壳里，流出眼泪，压抑的声音伴随着鼻吸的抽动。

我从十月起就一直待在花园里，他在我们靠岸的那个星期娶了一个妻子，一个妻子！

至少他还没有孩子，汤姆说。她是来自圣萨尔瓦多岛的大姑娘，跟随了一个拥有三个孩子的父亲前往奥尔巴尼市。那些小兔崽子把我当马骑。

博物馆的动物学部门负责人约翰·格雷①用他那油油的手推搡着你们几个，然后宣称你们太年幼，无法达到科学评估所需的标准。你们的壳得在成年后才会形成明显的花纹。"抱歉，查理，"他说，"大概得等三四十年吧。但这些雀类的标本——没错，它们另当别论。"查理转过身背对着你，看着对面实验桌上的鸟箱。

哦，天呐，等等我，查理。你祈求道。我会长得更快。我知

① 约翰·爱德华·格雷（John Edward Gray，1800—1875），英国动物学家，英国皇家昆虫学会创始人之一，后曾任大英博物馆动物学部门负责人。

道我能想出办法的。他用一个装帽子的盒子，将你送往大马尔堡街的家。

一生的关键问题终于来了——无论是他的还是你的——他笔记本里的风向变了。尽管内页的空白处画满了鸟喙和羽毛，但是在一页的页眉处他写着——

“结婚”的理由	“不结婚”的理由
恒定的陪伴	买书的钱少了
老年时的朋友	时间损失惨重
（无论如何，总比狗好）	

他将你送到了嗑药的哥哥那里，然后和他神经质的、虔诚的表姐结了婚，之后他的时间不是给了她就是给了那些鸟。他带她乘坐马车，给她买新帽子，和她共同前往伦敦动物学会，却把你藏在了他的笔记本 B① 中，你成为了他不敢在公开场合发表的随心所欲的涂鸦之一。他用“标本”“进化”“共同起源”来形容你，而不是“结婚”“伴侣”。

绝望之余，你翻阅他的信件。“我亲爱的甘瑟，”他在一封给冷血动物学家的信里写道，“我并没有从加拉帕戈斯群岛带回任何乌龟。”你痛苦得在院子里打滚。

① 达尔文在标有 A、B、C、D、E 的笔记本上记下了他进化观点形成的历程。

不久，他的妻子逼他将你和其他“情人”赶到白厅的皇家联合研究博物馆，在那里，伦敦的大风大雨冻得你陷入了持久的冬眠。汤姆死了。迪克逃向了更温暖的地方。肯定会有人看到你病了，然后将你带出去——远离她，远离他，远离那个改变了他的笔记本。你还在等什么，我的姑娘？还不快点回到船上，求他们带你回家？

———

小猎犬号的新船长威克姆①将你带去了澳大利亚。你记得上次他和查理 ·起旅行的情景，那时他还是个中尉，每小时能宰杀十只托平龟，仅仅为了取他们的体液燃灯。威克姆喜欢你的样子，将你视为他自己的宠物。

船长的住处自然要比博物学家的宽敞许多——你作为一位女士应该获得更好的处境——但威克姆是个邋遢的人。打翻的墨水，啃过的火鸡骨头，松松垮垮的衣服。房间里的灯照过来，你不愿去看自己的轮廓，憔悴而笨重。冷静点，亲爱的。振作起来，让自己重个几百磅。

一路上，你忍受着威克姆粗鲁的抚摸，直到到达了澳大利亚和新西兰。他沿着海岸线走走停停，白天画地图，晚上打呼噜。他一边说厌倦了你，一边将袖扣放进一个抛过光的龟壳里。“不要

① 约翰·克莱门茨·威克姆（John Clements Wickham，1798—1864），苏格兰探险家、海军军官，1837 年任小猎犬号船长。

对我嘘嘘，小胖子，”他说，“我是你的全部。”第二天，似乎只是为了激怒你，他将一个新的入口命名为“达尔文港”。

甲板上的男人们一边哼着歌，一边将绳子抛向空中。他们握着拳，双手在绳子上转动并摩擦。在你上方，海鸥像翼手龙那样拍打着翅膀。活泼的鱼群尾随着小船，浮上来的时候叽叽喳喳，大口大口地呼吸着空气。

你一靠岸，他手下的人就把你丢在摩顿湾精神病院的院子里，连声招呼也没打。威克姆游走到了悉尼，娶了他的心上人，成为了一名虔诚的警员。那一群跟着船过来的海鸥在你的上方绕了一圈，又飞回了大海。

在布里斯班植物园，你的室友乔治能理解这一切。

要我说，你没有他更好，她边喘气边说。这些科学家都是一个类型的——在情感上无法看透自己的需求。他们是否结婚根本不重要，真正和他们结婚的只有他们的工作。这通常是因为他们的父亲没有给他们足够的爱。

在那个带着她穿越太平洋的捕鲸者手里，乔治过得很糟。她在路上被下药，然后被拖到昆士兰州的一家酒吧里，在几乎整个19世纪50年代，这个混蛋为了换几个钱不惜戳瞎她和她的同胞。

该死的混蛋，她说，声音听上去如同行尸走肉。当乔治睡着的时候，你盯着她的壳，那个捕鲸者将自己名字的首字母刻在了上面。不到一年，她就死了。

每一天都有人谈起查理——从游客的嘴里，从植物学家的嘴里，从闭园后在洗衣房里为你冲洗龟壳的学徒嘴里。他的书，他那些该死的鸟，他的革命，他的十个孩子，到最后，他的遗言。不是“我的爱”，甚至不是“我的笔记本”，或者——上帝保佑——“我的乌龟”。

他说的是：“我一点也不怕死。”

一只西红柿在阳光下慢慢膨胀，最后瓜熟蒂落，滚进了蝎子的巢穴。蝎子长出了第二根橘红色的毒刺，在尘土中划出了一个粗糙的红圈。当洞穴里的红蜥蜴慢慢失去他的视力后，他感到海鸥落下的羽毛在他尾巴边上飘过。他的余生都在乞求能重见光明。

每天早晨，查理在穿上衣服之前都会在船舱里读书。镂空的椅背在他的背上留下几何图案。

就是这样了，宝贝。你离中年还有四十年，但一切就这样结束了。如果你的身体有管道的话，早就龟泪泛滥一泻千里了。不过不必整晚哭泣，把自己搞得精疲力尽，大自然会为你代劳。1893年的头几个星期里，布里斯班河汹涌奔流，到了二月份便泛滥起来，十三天里来了三场洪水。你只能任由身体在那汹涌的水里翻滚。躲开连根拔起的树，紧紧靠着迪克，那是植物园里仅剩的另一只来自小猎犬号的乌龟。和你一样，她旅行了很久，深谙生存之道。地雷爆炸了，桥梁倒塌了。*如果这种情况持续下去，他们又会开始吃我们了*，她说。

你们两个浮到了屋顶上，从那里看着整个城市沉入雨中。今夜，布里斯班是不是和你出生的岛屿一样黑暗，一样浓密，一样潮湿？你猜怎么着？明天是情人节。

晚些时候，迪克将你打醒了。有船来了！她边说边向海堤那边点了点头。三艘炮艇，帕鲁玛号、埃拉芒号和玛丽·埃文斯号，在巨大的水流中被拴绳缠绕，就像玩具船在排水沟里奋力挣扎一样。

一艘船被冲走了，向植物园这边飘来，遮住了月亮——那是玛丽·埃文斯号。你看见了一个同类，那也是一个年纪大了的姑娘，她被绑在了船上，与母牛的乳头和鱼的尾巴纠缠在一起。你游向她，与水流对抗，留心冲过来的残骸。向前进一点，再向前一点，活下来，活下来，活下来。但再来一遍又有什么意义？只不过是另一艘船，另一张地图，另一个男人。把你的腿收起来，随波逐流吧。当你的头撞到船头时，你几乎感觉不到。

查理在笔记本上记录过高烧时胡乱不清的梦，但你从未想过，你的梦会是冰冷的、没有窗户的。你和一群奇怪的东西深陷肮脏的围栏中：一只有脚蹼的鼹鼠在泥里下蛋；一条跳来跳去的大狗将它的幼崽放在毛茸茸的口袋里；一只眨着眼的猫在啃树枝；一条嘶吼的狗张开嘴，里面竟是老虎的牙齿。

弗莱①大师站在中间，看上去是在用鼻子说话，他正在向昆

① 戴维·弗莱（David Fleay，1907—1993），澳大利亚博物学家，在业内率先进行濒危物种圈养繁殖的尝试。

士兰的富家小姐们展示他屁股上的咬痕，这是当他试图用小黑机器为那头有着虎牙的狗拍照时得到的“礼物”。他是另一个博物学家，更爱卖弄，他的出生和查理隔了一个世纪，是第一个为你取了女士名字的人。

“继续睡吧，我的姑娘，”他说，“想睡多久就睡多久，把一切交给我。我会来救你。更棒的是，我会让你出名。”

“女士们？”他指着你周围的女士说，“我把最好的留到了最后。她难道不是一件珍品吗？她叫哈丽特。她曾属于达尔文，千真万确，在上个世纪的时候。现在她是我的，全部属于我。”

你振作了一点，爬到干燥的空地，周围有更坚实的围栏。在此之前你已经流浪多久了？此刻的太阳是无情的，围绕着你的女人都穿着裤子，不戴帽子。她们中的许多人都长着一张黝黑的方脸，但是眼睛闪闪发光。当她们眨眼睛时，就像是白天发出闪电。

一个穿着短裤的成年男人，名叫欧文①，在你的边上跳来跳去，他金色的头发湿漉漉的，贴在他红润的额前。“哎哟！”他吼道，接着又是“哎哟吼！”，就像是救济院里的男孩一样被多动症所困扰。他为围观的人和她们闪闪发亮的眼睛摆起了姿势：抱着你的脖子，或是用胳膊肘撑着你的壳托起他泛红的下巴，或是

① 史蒂夫·欧文（Steve Irwin，1962—2006），澳大利亚环保人士与探索频道的主持人，在昆士兰经营动物园，哈丽特的最后一站就在那里。

跨坐在你的身上，张开双臂和嘴巴。他潮湿的触摸是温暖的，就像一个面包师拍打着面团。在围栏边上，他留着长发的妻子咬了咬牙。

他领着人群唱响生日歌“生日快乐，亲爱的哈——丽特”，唱得像哀歌，然后来到旁边的“鳄鱼表演场”，开启爬行类动物的即兴演出。你看着他站在台上，一手一头小鳄鱼，在扬起尘土的微风中像摇沙球一样摇晃它们。

那两头小鳄鱼轱辘着眼睛看着你这边的围栏：*嘿，别挡路，老奶奶*。欧文为你戴上了一朵粉红色的花，他愁眉苦脸的妻子将巨大的蛋糕一切为二，接着又分成四块、八块、十六块、三十二块。她将蛋糕上你的名字切了开来，还有年龄——这也是所有人庆祝的原因。糖浆写下的数字是175。

当这个世界需要时，古老的神文殊菩萨便化身为龟，浮现在原始海之上。她在那里徘徊，光彩熠熠，爱中沐浴，直到他用一支金箭射中了她的胸部。她喷出的血、火、污秽之物，与水结合在一起，创造出了尘土、岩浆和岩石——全都建立在她身体之上。这一切螺旋般发展着，直到整个世界停在那里。并非停在她的壳上，而是以她那肥沃的腹部作为永久的大地。未来——我们所有的终点——也落在了那里，就在插在她心上的那支金箭之下。那支箭一直卡着，不就像是穿过地球两端的一根巨型长杆吗？小甜心，当你仰卧时请抬头看看，那支箭还在吗？当它转动的时候，还在给你挠痒痒吗？

往远处看看，一百二十四年前的查理，手扶着胸口，摇摇晃晃地蹒跚在唐屋[1]附近的树林里。

往远处看看，再过一年，六月的一个早晨，你决定翻转身体，从仰泳切换到爬行。你想着，今天的步子好像变得更沉重了。

往远处看看，又过了十周，在一个周一的下午欧文出现在贝特礁，潜下水去追逐着魔鬼鱼。

当毒钩刺进心脏，又发生了最糟糕的事——他立刻将钩子拔了出来。[2]

---

① 唐屋（Down House），达尔文生前在伦敦居住的地方。文中 124 年前为 1882 年，那一年达尔文去世。

② 哈丽特去世于 2006 年 6 月 23 日，终年 176 岁，是世界已知第三长寿的龟；2006 年 9 月 4 日，史蒂夫·欧文在澳大利亚贝特礁拍摄节目，潜水时不幸被魟鱼（又称黄貂鱼、魔鬼鱼）的毒刺刺入心脏，因此去世。

战鸽

War Pigs

家鸽

1870　1918　1954　2012

这些鸟永垂不朽—— 在我们的夹克衫上，在我们的笼子里，在我们的生活中—— 因为他们是士兵。你懂我的意思吗？真正的兵鸽鸽。

—— 迈克・泰森（Mike Tyson）

甘必大（Gambetta）[①]

普鲁士人用了不到一个星期的时间就找到了埋在塞纳河下的秘密线路，并将其切断。接着，巴黎人又试着将装满情报的铁球抛入河中，希望它们能顺着河流抵达勒阿弗尔，但这些球并不好控制。当他们训练的从乡村传递消息的五只牧羊犬再也没有出现后，被围困的巴黎将希望寄托于它的鸽子。

只要看一眼这些鸟就能知道它们是多么胸有成竹，炯炯的双眼写满了有去必回的决心，出发，抵达，然后回到莱斯佩兰斯鸽子俱乐部或是小鸟社团（Roitelet Society）的阁楼中。从拿破仑时代、成吉思汗时代起，甚至从两千万年前起，他们就懂得如何以最短的距离回家。所以为什么不在他们的翅膀下印上一个号码，用巴黎臭名昭著的热气球将他们送出城，然后再让他们回到这座围城？每一只鸽子的尾巴上都可以绑上十二卷缩微胶卷，而每一卷胶卷都可以承载来自外部世界的成千上万条信息。鸟儿们只是

---

① “甘必大”为鸽子名；以下小节名皆为鸽子的名字。

为巴黎做了他们早就习以为常的事。

他们的中空骨骼可以储满氧气，占了近一半体积的巨大胸部能将这些氧气不停歇地循环上好几天。每只鸽子的体内都有两只罗盘，一只辨别太阳，另一只标记着围绕地球嗡嗡作响的磁场。每只鸽子都能听到远处群山的风声，闻到人类从农场到城市在土地上留下的微妙变化。当鸟儿飞行回家时，他们会观察尖峰和河流作为路线参考。

这并不是说巴黎的鸽子飞得有多快——他们并不快。他们也不是万无一失的。总是先人一步的普鲁士人会训练老鹰在空中猎杀他们，或是活捉一只，然后绑上虚假的、令人不安的消息，将他送回巴黎。更不用说卢瓦尔河沿岸那些饥肠辘辘的人，他们会在无意中射杀那些鸟儿，把他们变成乡间炖菜。

最后，只有六分之一的鸽子带着缩微胶卷回到被困的巴黎。但他们是巴黎的全部希望，无论对于官员还是对于市民来说，巴黎都被困在了有史以来最寒冷的冬天里。倔强的鸽子为了保持体温以每分钟七百次的心率奔飞回家，城内，受困者的心似乎感受到了这从远方而来的心跳，渐渐温暖起来：

> 从衣橱里将东西取出来，那些玻璃制品，那些易碎的，放在你身边。/ 我很焦虑，但当你抵达这里，我就会尽可能放松我的神经。/ 放弃比诺大道上的公寓。你的妻子、孩子，我们都会亲吻你 / 愿上帝保佑你和这一千个吻。/ 希望！

雪儿·阿米（Cher Ami）

第二天，在猛烈的炮火下，美国驻法军队第七十七师——或称“迷失营”——的规模只剩原来的一半，而这一半中又有大部分人正经历着饥饿的折磨。他们数着剩下的子弹，扯下死者的绷带包扎那些半死不活的人。为了喝水，他们必须爬进德国狙击手的视野，那些狙击手一看到卡其色就开枪。而就在那时，法国人还不知道第七十七师的位置，开始炮轰他们的盟友。

补给的飞机在糟糕的瞄准下毫无用处。他们把食物和补给扔到了无人能及的地方。在一次空投中他们投下了两箱信鸽——每个箱子上绑着八个降落伞——正好落在了德国营地里。但你不能怪飞行员，那是 1918 年，人类飞行才十年。

大约下午两点钟的时候，一个名叫奥勒姆的年轻中尉从营地里钻了出来，背上绑着一只鸽子笼。笼子里只剩下最后两只鸽子了，都在嘶叫着，显得很紧张。前一天，惠特尔西少校刚刚发走了两只鸽子——每一只都绑着一封信件，写着还有三百人被困，正在艰难求生——但这两只鸟儿都在途中受了重伤。

奥勒姆从笼中取出其中一只鸽子的时候手滑了一下——他逃跑了，眼看着越飞越远。剩下的就只有一只蓝羽母鸽，美国陆军军号 #43678。这是“迷失营”的最后一只鸽子，她要传递的信息已经准备就绪，惠特尔西在一张小纸片上潦草地写道：

我们正沿着平行公路 276.4 前进。我们的盟友正在炮击我们。

看在上帝的分上，快停下！

他们看着她起飞，消息被卷进了一根重要的管子里，绑在她的腿上。她环绕着炮弹冒出的烟，然后停在了离他们不远的一棵树上。少校和中尉都急得向她扔木棍，她却跳到了一根更高的树枝上，开始梳理起自己的羽毛来，于是他们就扔石头。这时候，奥勒姆，这个还在为那第一次失误而心怀歉意的年轻人主动爬上了树，将她从树上摇了起来。

她终于踏上了旅途，飞得很高，大部分“迷失营”的人都能看见她。还能活动的士兵把死人堆在一个临时的墙角；剩下的三名军医快被逼疯了；受伤的人躺在山沟里不能动弹。除了进入掩体的人，所有人都在看着她起飞，渐行渐远。

那些受困的人，少了胳膊或腿的人看着她离开，那几乎让人眩晕，一种希望所带来的眩晕。这只胖墩墩的鸽子，挥舞着有力的翅膀，赶跑了途中浑浊的空气和让人迷惑的信号，为回家清理出路线。一只飞出战壕的鸽子，一面灰色的、象征可能性的旗帜，让绝望的人们抬起头来的最后机会。战争中，每一只鸽子都鼓励着人们不要放弃希望。

就在这时，一枚炮弹在她身下爆炸了。炸弹杀死了五个人，也将这只受了惊的鸟儿拉回了地面。这个坠落的画面是“迷失营”里存活下来的军人对队伍里最后一只鸽子的最后记录。也许在这之后，所有人都转身离开了，因为他们不忍再看下去，这也是为什么没有一个人看到她再次动起来的那一刻——即使爆炸让她瞎了一只眼睛，一只断腿被肌腱吊着，但传信的锡管还贴着。没有人看到她在空中摇摇晃晃地向西南二十五英里的九号移动信息站移动，尽管不明显，但她依然在加速。正因为没有人看到她，七十七师步兵团里没一个人能想象接下来发生的事。①

飞跃莱娜（Leaping Lena）

我们不知道她的主人是谁，也不知道她来自西德的哪个镇。我们不知道她的原名，甚至不知道她是否有名字。她很有可能只是那个夏天送出的一批家鸽中的一只，她无视了从慕尼黑返回的既定路线，在施瓦岑贝格市沿着右路扑向铁幕。

也许在空中，她躲过了几只印有鲜红色大写字母“SVOBODA”②的气球。在二十世纪五十年代的大部分时间里，自由欧洲委员会从边境的麦田地上发射气球。气球爆炸后，一张张传单落下，落在布拉格、皮尔森、俄斯特拉发或其间散落的一些村庄中：

这张传单
是从一只气球上
被抛下

① 后来雪儿·阿米完成了任务，这支被困的军队得以获救。这只信鸽被授予法国荣誉勋章。

② 捷克语中意为“自由”。

它是一个传递给您的

消息……来自

为自由而奋斗

带它回家

……请阅读

另一面

但一只迷路的西德赛鸽比一只红气球要好，因为匿名的捷克人无法把爆掉的红气球送回去。而鸽子却能飞过铁墙，带回捷克公民的秘密信息——她回到鸽舍没过多久，就被送到了自由欧洲电台的办公室。接着，她便能将捷克的信息传递给阿登纳①和艾克②，以及美国的男女老少，从边境到边境，从海岸到海岸，包括所有在海上的船只。

他们为那只鸽子订了一张去艾德威尔德机场③的机票，并为等待着的美国公众给她取了个新的名字，这个名字混合了露易丝·莱恩（Lois Lane）、罗蕾莱·李（Lorelei Lee）和洛丽塔（Lolita）等名字的美丽。当“飞跃莱娜”抵达纽约时，美国人找来最漂亮的空姐站在她旁边，《纽约时报》拍下照片，题为《咕咕与荣誉，致敬“战斗”鸽》《铁幕鸟在此革命》《迷路的鸽子击碎铁幕赢得热

① 康拉德·阿登纳（Konrad Adenauer，1876—1967），曾任联邦德国总理。

② 艾克（Ike），美国五星上将德怀特·戴维·艾森豪威尔（Dwight David Eisenhower，1890—1969）的昵称。

③ 后改名为“肯尼迪国际机场”。

烈喝彩》。以她为名，一千只笼中的美国鸟儿被放飞。

他们让她成为公民，给她寻得一只英雄公鸽共筑爱巢。当乐队演奏《铁幕无法触达天空》时，她摆好了姿势为美国债券做广告。这些是刚发行的“真理美元”，中情局保证，这将帮助美国“与弥天大谎对抗”。但也有可能，这个“弥天大谎”就是莱娜自己。

她的德国联络人的名字从未被记载。她家乡的名字出现在刊物上时，竟有三种不同的拼写。她当时正飞往慕尼黑、莱茵兰，还是巴伐利亚？这取决于是哪家美国报纸在讲述她的故事。就像我们无法追溯她的起源一样，没有人知道她在美国之行结束后遭遇了什么，因为饲养所有英雄鸽子的军队鸽舍不久后就被拆除了。

为什么不“发明”一只鸽子来做中情局的海报女郎呢？说真的，对付冷战，所有的鸟都比不上能传递信念的鸽子。对我们许多人来说，信念就类似于家——向它飞去，栖息其中。若信念由一个让人放心的实体承载——例如，一位有羽毛的朋友——那就可以飞得比事实远得多。莱娜让美国人看到了在墙后，沉默的家庭里存在着渴望（这墙本身也是由信念而造）。她给了美国人一种想法，就是他们站在了一个值得别人用力飞往、翻墙而来的地方，这就是在告诉他们，美国制造的信念是值得他们激烈甚至盲目地去维护的。正因如此，他们买着“真理美元”，想象着不真实的德国家庭。

巴布阿姆鲁鸟（The Bab Amr Bird）

二月的狂风中，一双持着摄像机的双手在颤抖。“看看你都做了什么，巴沙尔[①]？你把我们送回了黑暗时代[②]。”

他们也拍摄到了另一双手——左手正在废纸片上用蓝墨水写着阿拉伯语，右手抓着纸片以免它飞走：

> 从老霍姆斯到巴布阿姆鲁的积极分子，请告诉我们你需要什么物资和食物。如果情况允许的话，我们会想办法送到。

镜头又切换到了下一双手，正拿着德克斯福德对讲机：“这对讲机最多只能在一百米的范围内使用。当我们中有一个人超过了这距离，我们得用鸟。”

然后，镜头放大了又一双手，正从布袋里拽出一只灰帽鸽。这只鸟儿静静地坐在这双手中，就像那个人正捧着一块可以取暖的热石头。

总而言之，在刮着风的屋顶上，一共有八只手正在来来回回

---

① 巴沙尔·阿萨德（Bashar al-Assad，1965—），现任叙利亚总统兼武装部队总司令、阿拉伯复兴社会党总书记，元帅，已故前总统哈菲兹·阿萨德之次子。

② 黑暗时代（Dark Ages）是指在西欧历史上，从西罗马帝国的灭亡到文艺复兴开始的时期。现行研究倾向于以中世纪（Middle Age）替代带有偏见的“黑暗时代”。

地进行着作业（还有那只鸟）。两只手将那纸条卷得紧紧的，并在纸上用绳子打了个结。两只手捧着鸽子，将肚皮翻过来，再把卷起来的信息绑在鸟的腿上，然后用棕色的线又绑了五圈：“我们把它在鸽子的爪子上绑严实了，剩下的交给神。”

此刻，这只鸽子待在写下这纸条的人手里，所有的手都在为这只小鸟祝福。它像是在舒适的鸟巢中一样坐在摊开的手掌间，等待着那双手轻轻放下它，然后再以芭蕾舞空中接力的姿势将它向上抛去。

“祝你成功，小鸟！”

“上帝保佑这只鸟儿能从霍姆斯飞到巴布阿姆鲁！”

“神是伟大的！”

“愿他平安抵达！”

在老霍姆斯的街道上，枪声响起，吟诵声响起，人们将手放在嘴边吹着口哨。鸽子绕着屋顶的阁楼转了一圈，然后向右急速飞去。

当鸽子在镜头里转过身去，它看起来好像是会永远飞下去，而不是停在几英里外的巴布阿姆鲁，在那里有另一双手正等着抓住它，在它的右腿上绑上他们的信息。人们不禁想象这只鸟会飞得更远，飞到更古老的历史中去。带着三千五百年来的消息，飞向三千五百年前的他们。

这只巴布阿姆鲁鸟飞过古埃及的海岸，带着所到之地的消息。它飞过萨尔贡大帝的上空，最后一个人类送信员已经在前往阿勒颇的路上牺牲了。它带着奥运会胜利的消息和各王国下了赌注的战车比赛的结果。当狮心王①的军队蹲在城门口时，它带着萨拉丁②军队放出的假消息。

然后，巴布阿姆鲁鸟又飞回了霍姆斯，就像一千多年前在市场上买到的第一只鸟一样，又回到了原来的笼子里。当年，它被诺亚从方舟里放出以探测洪水是否退潮；当年，在古亚述王国王后塞弥拉弥斯（Semiramis）被推翻的前夕，它停在她的阳台上，等待着一个预言。那个预言将以鸽子的形式出现，给了王后翅膀并让她消失。

过了一段时间，第二段视频开始了，一只鸽子飞在天空中。持着摄像机的手跟着鸽子在广阔的高空中盘旋，画面里有风的声音，还有遥远的吟唱和不那么遥远的爆炸声，每分钟，屋顶都会受到好几次震动。这一次，镜头里不再出现手，但在原来的屋顶上会传来相同的四个人的声音。

他们喊得那么大声，那么用力，就好像这只鸟不是从一英里之外的地方回到他们的身边，而是经过了漫漫长路。

---

① 狮心王，中世纪英格兰王国的国王理查一世，因勇猛善战而有“狮心王”之称。

② 萨拉丁（Saladin，1137/1138—1193），埃及阿尤布王朝苏丹，统一了长期分裂的阿拉伯国家，并发动圣战抵抗十字军。

“看，伙计们!”

“他来了！巴布阿姆鲁鸟!”

“神是伟大的!”

“神比你伟大，巴沙尔。你一直在发射火箭，但我们送出了这只鸟!”

金宝二世

Jumbo II

亚洲象

1901

它会杀死人，恐慌会随之而来。

——托马斯·爱迪生

1796 年 7 月 28 日那天的《费城曙光报》(*Philadelphia Aurora*)中，有一些新闻是真实的：

> 有一头大象刚刚抵达这座城市，他从纽约出发，目的地是查尔斯顿。他拥有海狸的机敏、猿猴的智慧和狗的忠诚。他是四足动物中体积最大的，走起路来大地会在他脚下颤动；他能撕毁最大的树，但对于能驯服他的人来说却很温顺。
>
> 这头公开展出的大象三岁左右，有近六英尺高，但这种最大的物种可以长到十六英尺。在纽约，这头大象以一万美元的价格被购得。

在历史文献里找不到这头大象的名字。

1805

北美大陆已知的第二头大象是被一个叫哈克的人在纽约的一家畜牧场里买走的。他根据自己女儿的名字贝琪，为这头动物取名为贝特，当他意识到大象并不适合农场劳动后，他带着她从一个城镇走到另一个城镇，卖票巡演。哈克登在当地报纸上的广告会这样煽动读者：这是美国唯一的一头大象，这也许是你能亲眼见到她的最后机会。

为了避免免费表演，他选择和大象在夜间赶路，那时候的美国没有那么多灯光，夜里还很黑。在昏暗的光线下，大象的视力特别敏锐。

在路上，缅因州艾尔弗雷德市的一个农民和大象——或是哈克，不同的报道有不同的说法——起了冲突。当贝特沿着大路朝下一个城镇走去时，他开枪打死了她。

1809

英国化学家汉弗莱·戴维（Humphry Davy）在十九世纪的第一个十年里就发明了灯泡。他将两根碳棒紧紧靠在一起，然后用电磁石将它们的末端分开。以电池供电的电流经过碳棒，从一条灯丝跳到另一条灯丝时形成了弧形，这电弧会发出刺眼而强烈的光线，非常适合用来照亮道路和海滨长廊。

1826

哈克又买了两头大象：一头公象，名叫哥伦布；一头母象，他还是给她取了个老名字贝特。现在，哈克的表演更有创意了。他教贝特二世用鼻子开啤酒瓶，然后送到自己嘴边。他教她像优雅的淑女一样低着头。他散布谣言说她的皮是防弹的，这导致罗得岛的一群男孩有一次用六支火枪同时向她开枪。

哥伦布在巴尔的摩的一场演出后死亡，死因不明。哈克用第四头大象代替了他，取了同样的名字，然后就像什么都没发生过一样继续表演。哥伦布二世又活了二十年，直到他从一座摇摇晃晃的桥上掉了下去。

1849

报纸上的漫画家将这个已经一直延伸至太平洋的国家想象成一头黑黝黝的巨型大象。在他们的手绘地图中，缅因州的曲线是它的长鼻子，加利福尼亚是它的尾巴。据说，那些穿越大陆的定居者确实在旅途中“看到了大象”——这片广袤的土地充满了奇迹和艰辛，善意和暴行。

1859

托马斯·爱迪生还是个孩子的时候，就一直在卖报纸和糖果的火车站附近缠着线路工人。他想知道电是如何在电线上传送的。一位来自蒙特利尔电报公司的苏格兰人告诉小爱迪生，想象一下这根电线是一只腊肠狗，从他的家乡一直伸长到英格兰南部；人们可以在爱丁堡拉住他的尾巴，听到他在伦敦叫唤。

我可以理解他说的是什么意思，爱迪生回忆道，但是我不知道究竟是什么在这狗的体内流通，或者是什么在电线内流通。

1862

暹罗国的国王给白宫送去了一把剑和两张皇室照片，并承诺不久后将送去两头成年大象——这是友谊的表示。出于对动物的担心，林肯总统婉拒了这对大象，因为他不确定国家是否能在战时照顾好他们。

1865

在美国，第一头因犯罪而受审的大象是名叫老汉尼拔的“亚洲来客”。他在发情期做出的暴力行为使他臭名昭著，新奥尔良码头上的两个男人和俄亥俄州一个精神失常的人遭了殃。

老汉尼拔在匹兹堡爱上了一头大象，马戏团立刻将这当作卖点推广起来：看啊，厚皮类动物中的罗密欧与朱丽叶！当她被卖掉之后，他开始不吃饭，喝威士忌，并杀死了另一个饲养员。审判法官宣告老汉尼拔无罪，说饲养员一定是虐待了他。再说了，你还能指望一个心碎的家伙做什么呢？

两年后，他的讣告出现在《纽约时报》上，和美国总统的讣告[①]发表在同一周：

> 汉尼拔应该是活了六十个年头。他曾造成了两位饲养员的死亡，如此罪行使他失去了象牙，几乎是锯到嘴边。有那么一两次，他喜欢独自在空旷的乡间漫步。他举止端庄，不像身边那种体型较小的或不那么起眼的同类那么贪玩。他的主人下令将他安葬，身体上的任一部分都不准被剥夺。

① 指美国第十六任总统亚伯拉罕·林肯（Abraham Lincoln，1809—1865）的讣告。

1878

10 月，爱迪生电灯公司获得了超过二十五万美元的投资。在公司的第一次公开展示中，爱迪生费尽心思地制造了一只廉价的白炽灯泡，可以用更柔和的电流照亮一个家，比电弧更适合室内照明。他在新泽西州门洛帕克的实验室有五十多名员工：工程师、化学家，甚至包括了玻璃吹制工。他喜欢跟媒体开玩笑，说他手上的材料应有尽有——从大象的兽皮到美国参议员的眼球。

一年后，《纽约先驱报》刊登头条新闻：《爱迪生的大发现——电灯终于面世》。

1880

在美国出生的第二头大象（也是美国第一头在婴儿期存活下来的大象）在费城的“贝利和朋友”马戏团中出生。她的妈妈是一头叫贝比的会跳舞的大象。巴纳姆[①]对贝比的孩子垂涎三尺——几乎没有顾客能抗拒贝比的魅力——于是他提出把贝利的马戏团和他自己的马戏团合并起来。

很快小象就长大了，变成了“巴纳姆和贝利”马戏团里三十六头成年大象中的一头。但国民对她的兴趣慢慢变弱了，直到二十年后，她在康尼岛的月神公园将一头狮子扔到了人群中。

---

① 费尼尔司·泰勒·巴纳姆（Phineas Taylor Barnum，1810—1891），美国著名马戏团经纪人兼演出者。

马戏团在二十一头大象组成的“陪审团”前用滑轮组将她勒死了，贝比也在陪审团之中。

女儿去世七年后，贝比死在了马戏团前往新西兰和澳大利亚的巡演途中——她被葬在了海底深处。

1881

纽约州水牛城的一个夜里，在弧光灯的映照下，一位名叫阿尔弗雷德·P. 索斯维克（Alfred P. Southwick）的牙医看到一个醉醺醺的码头工人伸手去摸一根带电的电线。当那个人倒下时，索斯维克注意到那死亡来得如此迅猛而平静。牙医很快与当地的捕狗人达成了协议，在水牛城的流浪狗身上进行电学实验。

1882

就在查尔斯·古提奥[①]因谋杀加菲尔德总统而受审两个月后，历史上最著名的大象登陆纽约市的城堡花园码头。一支由十六匹马和五百个人，还有巴纳姆的两头大象（分别叫“吉普”和“酋长”）组成的队伍将装有这头非洲大象“金宝”的箱子推上了百老汇大街。整个春天，这头巨兽在麦迪逊广场花园进行展演，无论是日场还是夜场，门票都被抢购一空。三年来，超过四分之一的美国人或是在花园，或是在巡演路上看到过他。

---

① 查尔斯·古提奥（Charles Guiteau，1841—1882），于1881年刺杀美国第20任总统詹姆斯·艾伯拉姆·加菲尔德（James Abram Garfield）。

这头来自英格兰的大象到达时就已经有名字了，并被认为是这个星球上最大、最温和的生物。虽然没有人知道他的名字是怎么来的，但在查尔斯·古提奥被绞死的那个秋天，纽约市内任何与“大”相关的事物都以这头大象的名字重新命名：“金宝”香肠，“金宝”雪茄，“金宝”汽笛，在国会上表现一团糟的“金宝”议员①。

就连爱迪生也加入了这个游戏。他离麦迪逊广场一英里远，正组织珍珠街地道的挖掘工作，打造美国第一个贯通直流电的社区。六台两百马力并自带蒸汽机的发电机，嗡嗡作响地为八十五栋大楼发电。爱迪生把刺耳的发电机命名为“金宝发电机”。

1883

摘自《科学美国人》一篇题为《用电杀牛》的社论：

> “司法闪电”用于死刑，很可能会代替长距坠落②这样的暴行。作为处死不被需要的四足动物的方式，它似乎既仁慈又有效。

两年后在同一本杂志上，又有一篇文章《用来处决罪犯的电》：

> 将坟墓上的刑场与街道照明系统连接起来是多么简单，

① 英语中“Jumbo”一词由此逐渐衍生为“巨无霸”之意。

② 长距坠落（long drop）曾被认为是最人道的绞刑执行方式。

这样一来电就可以用来处死谋杀犯。死亡将在一瞬间完成，完全没有痛苦，但同时这种刑罚的恐怖之处能令人警醒。

1884

在1884年的“大福勒波夫秀”中，亚当·福勒波夫[①]带来了被刷得一身白的大象蒂尼，他曾被叫作奥赛罗。福勒波夫首先称他为“猎虎之白象”，然后又改成了“亚洲之光”。有报纸指出这是一场骗局，就像是巴纳姆当年将一头白癜大象描绘成了“上帝创造的白”。福勒波夫发布了一份沉重的声明，宣布“亚洲之光”患了伤寒而死。但实际上，他只是将大象冲洗干净，改了个名叫约翰·L.沙利文（John L. Sullivan），还教会他打拳，继续展出。这头大象直到四十八年后才死于心力衰竭。那时候他的名字是老约翰。

1885

在美国，当一头大象发了疯而失去控制时，马戏团的人会说这头大象“变丑了”。“丑陋的艾伯特”（Ugly Albert）在新罕布什尔州纳舒厄杀死了他的饲养员后，被带去了基恩郊外的一个峡谷。在那里，当地的一名警卫用一把十五步枪向他开了火，但象的尸体太重了，就算是一支队伍合力也拖不走，所以他们把“丑陋的艾伯特”切成了容易处理的大块。二十码长的内脏，比一匹美国

---

① 亚当·福勒波夫（Adam Forepaugh，1831—1890），美国企业家、商人和马戏团老板。

夸特马还重的骨头，四十磅的心脏，一英亩的血。兽皮给了史密森学会。

同年9月15日，在距尼亚加拉大瀑布约一百英里的加拿大小镇上，金宝忠实的管理人斯科蒂带着他走进火车站的编组场，来到他的豪华车厢。这时，一列驶来的火车来不及刹车，迎面撞上了金宝。突如其来的巨大冲击力使他的獠牙刺穿了他的脑袋，火车头直接压在了大象身上。他死的时候，身上还挂着发动机。

举国哀悼。巴纳姆起诉了铁路局，接着又安排了两个新的巡展项目：一个展出重装后的大象骨架，另一个在原有兽皮下重新填充了肉体——出现了两个金宝！

1886

春天来临的第一天，西屋电气公司旗下的首席科学家在马萨诸塞州大巴林顿市商业和市政主干道上打开了开关——这是第一个由交流电供电的市中心。照亮大巴林顿的电力并非来自一个街区外轰隆作响的发电站，而是来自一个放置在离城镇一英里远的废弃木材厂中的发电机。为了让电流传播到那么远的地方，“大巴林顿电气化工程”需要整整五百伏特的电压，几乎是爱迪生的珍珠街直流电所需的五倍。

大洋彼岸，在与阿比西尼亚的战争中，一支由四十头大象组成的队伍拉着英国的大炮越过了北非沙漠。战争结束后，其中的许多头象被送回英国或美国，卖给了马戏团。

1887

尽管从芝加哥到波士顿再到新奥尔良用的都是直流电，但托马斯·爱迪生仍感受到了西屋电气公司在交流电领域的突飞猛进所带来的压力。于是，这位门洛帕克的奇才，美国的点灯人印了一本危言耸听的红色小册子《来自爱迪生电灯公司的警告》。也许就是这本出版物，第一次提到了“死亡电流”这个概念。

阿尔弗雷德·P. 索斯维克，这位水牛城的牙医从未忘记那个醉汉被电线活活电死的场景。那年秋天，他写信给爱迪生，提出了将电刑作为死刑手段的看法。那年 12 月，爱迪生给索斯维克回了信，这位牙医随后将其摘录于刊登在《美国医学会杂志》的文章中：

> 最适合这种用途的设备是使用间歇电流的那一类电动发电机。其中最有效的就是所谓的“交流电机器”，在本国主要由乔治·西屋电气公司负责制造。这些机器所产生的电流一旦经过人体，即使是最轻微的接触，人也会瞬间死亡。

同月，巴纳姆和贝利的冬季营地发生了火灾，几十只动物因此丧命，包括被认作是金宝遗孀的爱丽丝。有三十头大象奋力从链子上挣脱了出来，一路逃离着火的大楼。当他们奔跑时，部分烧焦的兽皮掉进了稻草堆里。

1888

7 月 10 日，摘自爱迪生实验室的 H.P. 布朗（H. P. Brown）的动物实验笔记：

1 号狗：黑褐老母狗；缺乏活力；体重未计。右前腿至左后腿的电阻为 7 500 欧姆。通过卷起来的湿棉线连接，并用裸铜线包裹固定；使用直流电。闭合电路时电动势为 800 伏特，电流经过狗的持续时间为 2 秒。

2 号狗：大型混血圣伯纳犬；强壮，状态良好。电阻为 8 500 欧姆。连接方式同上。使用直流电。电动势为 200 伏特，触电时间为 2 秒。

3 号狗：猎狐梗母狗，年轻、有活力。电阻为 6 000 欧姆。完全湿润条件下连接。电动势为 400 伏特。

600 伏特。

800 伏特。

1 000 伏特。

4 号狗：混血牧羊犬；强壮，状态良好。连接方式同上。电阻为 6 000 欧姆；使用直流电。电动势为 1 000 伏特。

1 100 伏特。呼吸下降到 72 但狗并未受伤。电路关闭时，狗吠了几下，但在彼得森博士计数呼吸时，他在一旁摇着尾巴。

1 200 伏特。狗在电路关闭时吠叫，但仍未受伤。

1 300 伏特。狗吠叫。

1 400 伏特。狗发出轻微的叫声。呼吸 72（不规则）。

1 420 伏特。这是在现有转速下发电机的最大能力。

那年秋天，《纽约州电刑执行法》通过后——以“司法闪电”取代绞刑——该州的法医协会被要求提交一份最佳方案的报告。他们下令进行更多的测试，这次是在更接近人类重量的动物身上进行。爱迪生实验室不得不电死了两头分别重为 124 磅和 154 磅的小牛。然后他们在一匹马身上试了 2 000 伏特的电压。然后，他们想探知更大的标本。

1889

发电法。安培法。维莫特。电动。电击。电杀。电凶。电击死。电休克。电击昏。电响。电罚。电葬。超级电气。电镀。格里刑。电震刑。伏特刑。闪电刑。强光刑。带电加强。布朗刑。西屋公司刑。①

7 月 11 日，《纽约时报》刊登了这么一条消息：我们祈祷从“电刑”的恐怖中解放出来，那些自命不凡的无知者似乎正试图将这头怪兽释放。

根据当年的报道，另一头被称为“酋长”的二十五岁的马戏

① 都是电刑发明之初的名字。

团大象已经杀死了多名驯兽师，约翰·罗宾逊马戏团里再无雇员敢靠近他。《英国兽医杂志》报道马戏团正在和爱迪生实验室商谈捐赠大象的事宜，但到最后还是变了主意。他们把“老酋长”交给了辛辛那提动物园，十年后，动物园射杀了他。又过了两天，辛辛那提皇宫餐厅的晚餐菜单上多了“象腰脊肉”。

酋长二世也曾和爱迪生有过一段短暂的缘分。《科学美国人》中刊登：

> 许多人看过或听说过爱迪生实验室为了寻求绞刑的替代方案而用交流电进行实验，他们对福勒波夫马戏团的大象“酋长”未能按照协定被判处电刑感到遗憾。
>
> 我们得知3 000伏特电流足以杀死一个人——在实际操作中远低于这个数值的电流也能致命——那么3 000伏特是否足以让大象失去意识，然后致死呢？不过，马戏团的人似乎是等不及行刑前的准备工作了。他们在酋长的脖子上绑了根套索，把绳子的两头分别套在另外两头大象身上，使他们朝反方向拉扯，直到酋长被勒死为止。

1890

在这一年的第二个早上，一场大火烧毁了爱迪生在珍珠街上的发电厂。大都会消防局设法控制住火势时，只有一台金宝发电机幸存。

二百一十六天后，“水牛城杀人犯”威廉·凯姆勒被带到奥本监狱的一个房间里。在那里，电工们将一把沉重的橡木椅子固定在了地板上，由西屋电气公司的发电机供电。十六个月前，隐姓埋名的凯姆勒掐死了自己情妇的脖子，然后走出公寓，喃喃自语道：我要为这事儿被绞死了。

狱卒从背部将凯姆勒的新衬衫和短上衣剪开，在他剃光了的头上戴上一顶橡胶帽。帽子里塞着一块浸湿了的“象耳”海绵。

狱卒：我已经警告过他，他必须死。如果他有什么要说的，他会说出来。

凯姆勒：我已经够坏的了。让我变得更糟是件很残忍的事。

狱医：愿上帝保佑你，凯姆勒。

［提示电流已达 1 300 伏特，持续 17 秒］

狱医：他死了。

牙医阿尔弗雷德·P. 索斯维克：从今天起，我们步入了更高级的文明。

见证人：看——他还在呼吸！

另一个见证人：我的天啊，他还活着！

华莱士兄弟马戏团的一头大象将驯兽师扔进了环里，然后赶走了试图制服他的小镇警察。有人看见他跑进了加利福尼亚的沙漠，从此再也没有人听到他的消息。

1891

7 月 7 日，四名纽约谋杀犯遭受电刑而死亡：

詹姆斯·斯洛克姆（谋杀妻子）；

哈里斯·斯米勒（谋杀情妇）；

舒布亚·朱吉罗（谋杀船友）；

约瑟夫·伍德（谋杀酒友）。

12 月，马丁·洛普（用剪刀谋杀妻子），电击四次后才死亡。

1892

2 月 8 日，查尔斯·麦基尔文（谋杀杂货店店员）在一把新式电椅上接受了电刑，他的手浸在装满盐水的浅碗里。这是爱迪生在凯姆勒悲剧后提出的建议，不过结果不太理想。

1893

1 月 6 日，一头大象的肚子被刨开（在胃里发现了一条四英尺长的铁链，那一定是大象趁没人注意吞下去的）。

5 月 7 日，卡莱尔·哈里斯（用安眠药谋杀妻子，她的死亡最初被误判为中风）遭电刑。

7 月 27 日，威廉·泰勒（谋杀狱友）遭电刑。挣扎时他抽搐的腿将电焊条从椅子上踢了下来。第三次电击烧坏了监狱的发电机。当电工们试图用奥本市的直流电重新为电椅充电时，他死在了一张小床上。

尼亚加拉委员会选中了西气公司的投标，西气公司会为水牛城建造三台双向发电机，发电机将从三十英里外的尼亚加拉大瀑布取电。在那些输给西气公司的竞标公司里，就有爱迪生的通用电气公司，他们输掉的还有芝加哥哥伦布纪念博览会的供电竞标，那是第一个全电供应的博览会，灯火通明，彰显出“白色之城”的魅力。

尼古拉·特斯拉[①]：*尼亚加拉电力将使水牛城成为世界上最伟大的城市！*

芝加哥哥伦布纪念博览会的最后一个月里，一头名叫多莉的大象在博览会最繁忙的时候横冲直撞地闯进了中途岛。在中途岛的其他地方，一头矮象钻进一大桶啤酒里，喝得烂醉如泥，在著名的电能闭幕式前死去。

1894

一头大象被刺死（事先喂了一盘有毒的燕麦）。

1895

7月1日，罗伯特·布坎南（用毒药谋杀妻子）遭电刑。

---

① 尼古拉·特斯拉（Nikola Tesla，1856—1943），发明家、物理学家、工程师。当时尼亚加拉水电站的主要负责人。

1896

2月11日，巴塞洛缪·谢伊（谋杀选举改革活动家）遭电刑。

11月16日午夜，水牛城市长启动了尼亚加拉水电站，将交流电送到了他所在的城镇。水电站的“多相”系统保证了增压电流的长途运送，其幕后策划者尼古拉·特斯拉在瀑布前发表了演讲：

> 尼亚加拉与我们的新思想和新趋势相符。它意味着征服自然力量以服务人类，弃用野蛮手段，使数百万人从匮乏和痛苦中解脱出来。

在四分之一个世纪里，一头叫吉普的大象至少杀死了七名男子：

哈利·库里（在福勒波夫的冬季营地中被大象摔死）；

乔治·韦斯特（在罗宾逊马戏团巡演中被压死）；

“流浪汉吉米”（在路易斯安那州被踩平）；

罗伯特·怀特（被扔到房间另一头，摔得血肉模糊）；

威廉·德沃（在波基普西的奥布莱恩演出中身亡）；

帕齐·胡利根（被扯掉了手臂，因感染致死）；

弗兰克·斯科特（驯狮员）。

在吉普“送走了”这位驯狮员后，她原来的驯兽师终于放假回来了。吉普伸出她的鼻子拥抱他。报纸上嚷嚷着在年底前要将她送到爱迪生那里。三周后,《纽约时报》报道说，这位驯兽师呼吁大伙儿饶了她，并给了让人心动的理由：吉普可能会被派到古巴去对付西班牙军队。

1897

8月3日，美国专利局：

#587649号，电刑椅。

致所有关心的人——

本发明涉及一种特别的电椅，当电流经过人体时它可以记录下身体各部分肌肉的收缩或扩张。

这种记录将具有一定的科学价值，并使人们有机会对高压下电流对人体系统的作用进行准确的观察和推断。显而易见，除此之外，这样的信息不可能以其他方式获得。

1897

泛美博览会公司原计划在尼亚加拉河的一个小岛上举办世界博览会，以庆祝美洲的进步。这个岛离瀑布上游只有几英里远。

他们后来定在了水牛城。因为它是联盟十大城市之一，有繁忙的港口、二十六条铁路和十二条航运路线。

10月19日，大象希德本来应被活活烧死，但“罗宾逊和富兰克林兄弟”马戏团临时改变主意，用凡士林涂抹烧伤的象皮，并送回工作岗位。

1898

国会承诺拨款五十万美元支持泛美博览会，但直到美西战争结束后才开始启动。麦金莱总统表达了他个人的支持，承诺会尽其所能帮助水牛城。作为回报，泛美博览会公司承诺博览会上将展示美国在过去一百年中最令人印象深刻的成就，并着重突出其“创世纪的电学奇迹”。

那年春天，巴纳姆的马戏团带着十八头大象乘坐明尼阿波利斯号进行欧洲巡演，回来前，四分之一的大象被处决了：

唐·佩德罗（在街区被逮到并在利物浦被勒死）；

尼克（在斯托克被勒死）；

弗里茨（巡演途中试图逃跑，被捕后被绑在树上并绞死）；

曼德林（当船驶进纽约港口时在水上被绞死，曼德林的训练员哭了）。

8月1日，马丁·索恩（谋杀威廉·古尔登斯珀）遭电刑。

1899

3月20日，玛莎·M. 普莱斯（谋杀继女）遭电刑。纽约州新新监狱的典狱长给当时还是纽约州州长的西奥多·罗斯福发了电报，向他保证，世界上第一位接受电刑的女囚犯已经准备好了。

1900

在建造泛美博览会的复杂布局——包括运河、庞大的弧形凉棚架、可供两个马车队经过的“凯旋桥”——的过程中，四名男子倒地身亡。

建筑物中的亮点便是供世界各地参展商使用的展厅，美国政府模仿了西班牙大教堂的建筑风格，一栋防火的艺术殿堂，一座彩虹色的中途岛，充满了梁柱、圆柱、穹顶等元素。博览会的音乐圣殿可容纳 2 200 人，并安装了有史以来最大的风琴之一。来自六大洲的猛兽们——无论是受过训练的还是野生的——都将被安置在一个巨大的竞技场里。

整个图景的中心，是一座四百英尺高的电塔，塔上有 11 000 个爱迪生灯泡在闪烁着，底下是一座巨大的喷泉。

十九世纪中，死亡事件还是逐年增加的。3 月，《纽约先驱报》报道称，自去年春天以来，至少有十二名大象训练员被他们的大象杀死。

但到了世纪之交，大象死亡的记录似乎变少了：

大象汤姆，在中央公园被杀（下毒致死）；

跳舞的大象迪克，因为拒绝挪动在麦迪逊广场被杀（勒死）；

大象尼禄，在拉辛被击倒（干草叉刺死）；

大象斯波特，不小心被火车撞到，需要安乐死（在新加入美国马戏团的英国小伙弗兰克·“动物之王”·博斯托克的照看下，被起重机绞死）。

1901

在泛美博览会召开前的几个月，1 045 节火车车厢装着参展物资抵达水牛城。根据美联社 3 月 17 日报道：

两百头由动物园托管的动物已经到达巴尔的摩，他们最终的目的地便是泛美博览会。他们乘坐两艘轮船而来，价值总计十万美元，包括两头印度大象、两匹非洲斑马、五只阿比西尼亚鬣狗、两只东印度美洲虎、五只东印度豹、三只皇家孟加拉虎、六头北极熊、两头喜马拉雅山懒熊、两只印度鹤鸵、两只非洲鸸鹋、一头印度牦牛、六只非洲鸵鸟、三头非洲公狮、三头非洲母狮、两头努比公狮和两头母狮、一只非洲长颈鹿、三只南美豹、一个爬满了东印度蛇、蟒蛇、水蟒、巨蟒等各种蛇的箱子以及来自非洲、印度、直布罗陀和锡兰的上百只品种不同、大小不一的鸟和猴子。

4 月 21 日，《水牛城晚报》：

一头巨大的大象“大莉尔”、五头神圣的驴子和十二头神圣的牛，今天早上到达布法罗。他们都是博斯托克野生动物表演秀的一部分。

这个表演正在寻找一百头骡子，骡子的主人将不得干涉他们的动物会被如何处置。

4月25日，在印第安纳州的珀鲁，大象大查理淹死了一名训练师——这是他杀死的第四个人了。他在珀鲁的街道上横冲直撞，带着一群追赶他的人，最后闯进一片田野。在那里，人们向他投掷注入了氰毒的苹果，直到他中毒倒地不起。之后的十几年里镇上的人都很珍惜他的遗骸，直到洪水将其冲走，只有象牙留了下来。

5月1日，托马斯·爱迪生派了一个摄制组到水牛城，记录泛美博览会的开幕式和其他任何可能拍到的景象，以供全国各地他发明的活动电影放映机播出。爱迪生工作室出品的一分钟影片《夜幕下的泛美博览会》(*Pan-American Exposition by Night*)是令人惊叹的全景图——落在半球形音乐圣殿上的阳光暗了下来，接着，当天色渐沉，镜头向东移去，转向了电塔。从四百英尺高的塔顶“灯笼”中，探照灯射出一道巨大的光束，每栋建筑都被闪烁的灯泡勾勒出了轮廓。在早期黑白对比明显的电影胶片中，世博会的天际线仿佛就是自身的X光射线。

5月20日是泛美博览会的献礼日，麦金莱总统本应出席，却由于妻子的病情而耽搁，于是由副总统罗斯福大声宣读了麦金莱总统的电报：我真诚地希望这次伟大的博览会能够为这个半球的每一个国家带去福音。报纸上记载，总统的水牛城之行不得不推迟到9月。

7 月 24 日，弗兰克 ·“动物之王”· 博斯托克的明星大象大莉尔背上驮着一头笼中狮参与了中途岛日的游行。有传言指出，大莉尔还和臭名昭著的大象金宝有一段情史，现在一转眼已过去十五年。博斯托克的新大象，金宝二世，当时并不在水牛城，但他的登场故事已到位：一位阿比西尼亚战争的英雄，被已故的维多利亚女王授予勋章。据报道，在金宝二世前往水牛城的路上，人们把椰子利口酒当镇静剂给他使用，喝醉的金宝二世在火车坡道上杀死了一匹马。

7 月 26 日,《水牛城晚报》:

> 二十九匹骏马拉着载有金宝二世的马车，从卡洛和芝加哥街的仓库驶到广场，一路都挤满了好奇的人群。大象被关在一个巨大的木板箱里，只有耳朵伸出来。从箱子的大小和它明显局促的样子来看，即使是业余的观察者也能注意到它是“金宝”这个称号名副其实的继承者。

8 月 10 日，又见于《晚报》:

> 美国总统将于 9 月 4 日、5 日、6 日和 7 日出席水牛城参观泛美博览会。昨天在坎顿，一个代表城市和博览会的委员会和他敲定了该项安排。

在一年中最热的月份里，泛美博览会每天接待参观者多达四万人次。在熙熙攘攘的人群中，有一个谣言——很可能是弗兰克 · 博斯托克故意传播的——说大象大莉尔和金宝二世正坠入爱河。

8 月 29 日,《美国教育杂志》记载:

世界上最大最重的厚皮类动物现在正在泛美博览会的博斯托克动物舞台中展出,他被称为“金宝二世”。

在阿比西尼亚战争爆发时,那时的金宝二世还是叫罗斯特姆·辛格(Rostum Single),他和其他十九头大象一同被驱逐出境。虽然受了重伤,但他在四面八方的射击和炮轰下仍然坚守阵地,发出刺耳的嚎叫,领导兽群待在一起,避免混乱逃窜。

9 月 4 日,《大西洋月刊》记载:

电塔是伟大的光之中心。也许灯泡的数量不足百万的一半,但这成千上万个闪闪发光的灯泡让你愿意相信那足足有上百万个。在这美丽的城市中,升起了一根巨大的支柱,像是一朵俯瞰华丽花园的花,一件嵌在碎钻里的极品宝石,一栋镶着珠光的建筑物。它站在那里,在上千只灯泡的映衬下闪耀,照亮了脚下的街景,并向周边城市的人们展示着它闪闪发光的穹顶。

9 月 6 日,麦金莱总统参观世博会的行程安排:

上午 8:15——离开米尔本[①]的家。

---

① 约翰·G. 米尔本(John G. Milburn,1851—1930),1901 年泛美博览会主席。

上午 11:15——抵达尼亚加拉瀑布。

下午 12:05——在国际酒店举行午餐会。

下午 2:00——参观尼亚加拉水电站。

下午 4:00——在音乐圣殿进行公众接待。

下午 4:07——他说他当时在排队，右手握着一把左轮手枪，并用手帕盖住，他将手和手枪都插在右手边的口袋里。就这样他来到了音乐圣殿，在那里人们排成了一列。然后，他从口袋里拿出藏在手帕下面的左轮手枪，另一只手举在了肚子前。当总统来到他对面的那一刻，他开了枪。

音乐圣殿里，这个名叫里昂·乔戈什（Leon Czolgosz）的男人被缴械制服了，总统接见队伍里排在他身后的近两米高的侍者掐着他的脖子，让他动弹不得。当特勤局特工把他从圣殿里拉出来的时候，还在狠狠地揍着他，直到他满脸是血。审判结束后，乔戈什被送到奥本监狱，在经过火车站台时被愤怒的纽约市民洗劫一空。他的衣服被撕破，当他最终抵达牢房的时候，已经几乎无力行走。

世博会急救室的光线太差了，外科助理不得不在总统头上举着一面镜子来增强照明。博览会上有一台爱迪生实验室花了四年时间完善的 X 光机，得知消息后一名工程师急忙将它从中途岛运往麦金莱的休息室。他们找了个和总统身高体型差不多的博览会参与者，让他在荧光管下坐了半个小时，X 射线成功地检测到了他背部遗留的镍片。如果谨慎的医疗小组当时能相信这台新机器，那它很可能会找到麦金莱腹中的子弹。

爱迪生工作室于9月15日拍摄的影片就这样被取名为《麦金莱总统于纽约州水牛城的出殡仪式》（*President McKinley's Funeral Cortege at Buffalo, NY*），全片有七分钟长，开头是一支军乐团正在中场休息，他们都放低了乐器。一支长长的彩旗队跟在后面，然后是一排排士兵。然后是童子军。然后是三辆马车，每辆车分别由两匹马拉着。最后是棺材，被装在围着玻璃门的马车里，由四匹黑马拉着。当铺满鲜花的灵柩被抬出时，尽管外面下着倾盆大雨，人们还是摘下了帽子。

9月30日，《中途岛镜头》（*Shots on the Midway*）摄影系列：

拳击袋鼠几乎具有人类的智力，有时甚至会超越人类。还有近年来捕获的最大的大象，金宝二世，为皇室效力已久，这头食人者和抬轿象，简直是一座重达九吨的行走的山体。

10月29日，《水牛城晚报》：

今天上午7点12分30秒，以法律的名义，刺杀麦金莱总统的里昂·乔戈什为自己的罪行付出了代价。他遭受了1 700伏特的电刑。他走上电椅时脸上没有流露出任何恐惧，和这个州大多数的谋杀犯如出一辙。不过和他们不同的是，当被绑在电椅上时，他当着目击者的面开口说话了：

"我杀了总统，因为他是好人的敌人——善良的劳动人民的敌人。我并不为我的罪行感到后悔。”

在博览会的最后一周，据说在博斯托克舞台的后台，金宝二世变得极其暴躁。据《水牛城每日快报》报道，他曾试图用鼻子杀死两个饲养员，打断了查尔斯·米勒的手臂，导致亨利·马伦多处受伤而被送往医院。博斯托克说，如果不是金宝二世的腿被铁链锁得那么紧，这些人就会死。

在各种新闻消息中，压死金宝二世的最后一根稻草，要么是他向一个中途岛小贩的十一岁女儿扬鼻甩去，要么是他对博斯托克本人发起了攻击。

由于下雨、狂风、刺杀等因素，世博会并不像“动物之王”所预料的那样有利可图。他带来的人类表演明星——四英尺高的奇姬塔娃娃女士（Chiquita the Doll Lady）——和一个售票员私奔了，并在一场官司中向他索赔两万美元。显而易见，博斯托克没什么心情和一头失控的大象周旋。

11月2日，《水牛城晚报》：

泛美博览会结束了。午夜，博览会主席米尔本按下电钮，通过电线与变阻器的串联，地面上的十六万盏白炽灯泡在那一刻永远暗了下来。仪式简单而庄重。

博览会中发生的死亡显得无关痛痒。

世博会闭幕式上的意外，为它创造的闪闪发亮的魔法蒙上了阴影，那是一场彻头彻尾的骚乱。“水牛城日”进入了收尾阶段，人们唱歌、跳舞，跑到博斯托克竞技场戏弄骆驼和大象的闭幕式庆祝活动演变成了砸碎窗户、拆毁雕像的暴行。暴徒们把他们能看到的所有灯泡都砸向了中途岛的墙。流氓们将街上的小树连根拔起，做成小树枝，用来抽打女人的脸——如果她们流血了那更好。男女暴徒把散落在地上的五彩纸屑朝对方喉咙里塞去，企图噎死对方。

11月3日，根据《水牛城晚报》的估计，有一万人参与了这场骚乱：

> 周六晚上，没有一个州立医院里的精神病患者逃到泛美博览会去。但那里确实发生了严重的肆意破坏事件，如果不是有上百个疯子在捣乱，很难从其他角度来解释这件事。
>
> 那地方看上去就像是被一群受惊的巨象踩过。

11月4日，中途岛仍因暴乱留下的残骸而交通堵塞，弗兰克·博斯托克宣布世博会真正的落幕时间将是下午2点30分，届时一头发狂的大象会被处死，很有可能是用铁链绞死或勒死。门票定为半美元，未成年人可享受折扣。世博会的火车站为此特地增加了一个站点。水牛城的官员请求博斯托克三思。

同一天，《威尔克斯—巴里时报》刊登的新闻标题是《在水牛城中途岛上的意外演出》。

爱迪生工作室的《奥本监狱之乔戈什行刑全纪录》(*Czolgosz*

with Panorama of Auburn Prison）在这位刺客获刑十一天后才完成。这部影片半真半假。在开场，它用长镜头展示了监狱外景的实况和行刑当天的画面，正是在这座监狱里执行了历史上的第一次电刑，之后又执行了十几次，直到 1914 年，所有州级批准的死刑都被转移到了纽约的另一把电椅上——新新监狱的“老火花”。镜头里的那些树，在行刑那天爬满了人，男人、男孩都争先恐后地想要爬上去试试能否看到围墙内乔戈什的死刑。

拍摄完这一组全景之后，镜头切换到一个砖墙房间，拍摄地点不在奥本，而是在爱迪生的曼哈顿工作室，那里距离爱迪生二十年前为之通电的珍珠街街区只有三英里。

假扮的警卫迅速将假扮的刺客绑在椅子上，他们四个人都弯下腰，互相靠在一起。扮演乔戈什的演员——我们不妨叫他乔戈什二世——被蒙上了眼睛，因为真正的乔戈什便是在行刑前的最后几分钟被头巾盖住了眼。一个看起来像官员的人举起一根手指，每当他这样做的时候，门口的一个演员就举起手拉下开关。当 1 700 伏的交流电通过（实际上没有）乔戈什二世的身体时，他猛吸了一口气，并不自觉地往上坐了坐。在第二次放电时，他微微向前倾，就像是在骑马下坡一样。

金宝二世的电刑始于在瀑布往上几英里的地方。在尼亚加拉河底部人们挖出的沟渠中，五英尺高的车轮在水流中转动。车轮的运动为石灰岩发电厂的二十一台发电机提供了动力，将液电转变为了闪电。2 200 伏特的电通过变压器分了层。经由传输电缆的胶带，闪电跑了三十英里，抵达已经被拆除了的博览会，进入嘈杂的竞技场，在那里，“动物之王”转向他的大象。

11 月 11 日：

《沃斯堡晨报》:《没有杀死他》

《堪萨斯城星报》:《没能杀死这头大象》

《卡拉马祖公报》:《金宝二世仍然活着》

《旧金山之声》:《世博会二千二百伏特电压杀死金宝失败》

金宝被拴在木板平台上。耳朵后面和脊柱尾端各放置了一块海绵大小的电极。负责人只提供了 2 200 伏的电压。电击重复了六次。金宝摇着尾巴，用鼻子扯碎了一块木板，看上去很高兴，还叫了一声。电击只是使他发痒。金宝抖了抖背上的灰尘，拒绝去死。

杀死金宝的尝试失败以后，人们给他解下了设备。当大象被领回住处时，他似乎并没有因为这场电浴受到任何影响。

电工对这次失败的解释是，因为金宝的兽皮拥有橡胶般的阻力，这就形成了不导电的绝缘体。另一些人则宣称，如果杀死一个人需要 1 800 伏特，那么杀死一头大象就需要 2 200 伏特以上的电压。

11 月 17 日，《夏洛特观察家报》报道，博斯托克正在与墨西哥一名举办斗牛表演的商人谈判，准备将这头失宠的金宝运过去。上一次使用斗牛来处决大象还是在两千年前的罗马斗兽场。但是这个谈判无疾而终，金宝二世仍然留在美国，很快就被运往俄亥俄州曼哈顿海滩的债权人手中。博斯托克的另一头大象被送往康尼岛，同时抵达的还有在世博会上出了名的“黑夜航行”狂欢项目——“飞往月球之旅”。

在新世纪的第一年快结束的时候，弗兰克·博斯托克为了保护一名女表演者不受伤害，被老虎撕碎了右臂。当媒体问及此事时，博斯托克表示这不能怪老虎。

1903

虽然爱迪生的名字出现在每一部活动放映机播放的电影片头，但他和爱迪生工作室出品的短片其实没有太大关系。“电流战争”基本上已经结束，交流电胜利了，所以他可能对《电死一头大象》（*Electrocuting an Elephant*）的计划一无所知。这部短片长一分钟，录制了世界上第一头因罪被电死的大象——也是所有物种中遭到电刑的第二位女士。

在康尼岛月神公园附近的院子里，人们让被定罪的大象每只脚踩一只铜盘。当超过 6 000 伏特的交流电通过，她的脚下冒起了烟。烟雾在她的身体周围升起，她的长鼻变得僵硬，她五吨重的身躯禁不住向前挪了挪。

在她年轻的时候，美国人称她为“象宝宝”——又是一个可爱的、临时的名字，许许多多的动物都有这样的名字。

6月25日，《纽约时报》登出消息——《双胞胎大象出生了》：

双胞胎的妈妈是大莉兹，博斯托克在康尼岛海滩宫圈养的唯一一头雌性大象。这对双胞胎中的一头只活了很短的时间，另一头可能会活下来。

这对双胞胎于下午四点到四点半出生在大莉兹经常待的象棚里。人们立即在他们的周围竖起了一道帆布墙。这对婴儿被取名为“三叶草三世”和“信赖”。那头叫“信赖”的小象死了。

小象的父亲是金宝二世，莉兹在二十二个月前的泛美博览会上遇到了他。据说金宝二世目前位于俄亥俄州的克利夫兰，染上了血液中毒症，正慢慢走向死亡。

11月29日，在《公告牌》上的消息，部分可能是真的：

博斯托克的大象金宝二世，之前被债权人扣押在了俄亥俄州克利夫兰的曼哈顿海滩，现在已经去世了。

大约一周前，他显现出了病容。

四骑士

Four Horsemen

马

1904　1961　1995　2012

威尔伯：我就是不明白！
爱德华：别试图去搞明白。这问题我俩都回答不上。

聪明的汉斯（Clever Hans）

按照赫尔·冯·奥斯腾（Herr von Osten）的说法，他的动物数学训练是从一只小猫、一头幼熊和一匹马开始的。这位退休教师花了几周的时间抓着他们毛茸茸的身体，在院子里帮他们数着拍子——1-2-3，1-2-3——希望能在动物的大脑中留下一些印象。小猫和熊对此无感，但马似乎明白了。

汉斯学会了用右蹄在地上踢踏"1-2-3"，如果奥斯腾下令"来两遍"，他便会踢踏六次。"减去五"，便只踏一次。接着，奥斯腾就像对待淘气的小学生那样怀着巨大的耐心，取得了更大的进展。几年后，他教会了汉斯分数，然后是小数，然后是颜色和一周的天数。汉斯通过踢踏的组合变化在一个特殊的手制盒子上认出字母；通过踢踏认出音阶上的不同声调；通过踢踏辨认草帽和毛毡帽的区别，还有许多其他人类的行为。在此之前人们很少会想到要这样和"低等生物"交流。

很快，北柏林的院子里每天中午都挤满了人。午休的绅士、逃学的送报小伙、撑着遮阳伞的女士，都挤着要去看这匹高大的奥尔洛夫快步马。奥斯腾先生穿着长外套，戴着宽边软帽站在一旁。他经常鼓励围观者亲自向马提问，提醒他们必须用温柔的声音说出问题：

> 49 的因数是什么？
>
> 如果这个月的第三天是星期三，那么两周后是几号星期几？
>
> 这是一个正确的和弦吗？不是？那么我应该省略哪个音？
>
> 我在想一个数字。如果它减去 4，能得出 18。我想的是什么数字？

一群师出有名的动物学家、子爵和马戏团专家来到奥斯腾的院子，想要揭穿这个骗局，但他们无功而返。那时，全世界都在关注这件事，从欧洲到北美的报纸都在讲这样的故事：《柏林的绝世好马：他除了说话，什么都能做》。即使是汉斯委员会的马戏团专家也承认他们感到震惊，要知道，他们可是对能迷惑人的技法了如指掌。他们一致认为，赫尔·冯·奥斯腾先生是个诚实的养马人。他们围着汉斯转悠、观察，丝毫没有察觉任何欺诈的迹象。他们告诉报纸记者，这匹已经绝育了的九岁的马一定是有着相当于十二岁人类孩子的大脑。

在非常遥远的过去，当我们的世界还无法辨认时，人类和马的大脑比较相像。我们不知道具体是什么时候——应该是在过去三千四百万年里的某一段——但曾几何时，我们的确是相同的：

小小的、像老鼠一样的脊椎动物，有着锋利的嘴和敏感的眼睛，思维方式相近，藏在我们奇怪的绿色星球上的灌木丛中，以免被掌管星球的巨兽们发现。然后一颗小行星袭来，大家几乎都死了，郁郁葱葱的绿色中开始有了水果和鲜花，当我们食用它们的时候，身体发生了变化。我们从灌木丛中逃了出来，变成了许多种动物，每一种都迷失在自己的思维里。

汉斯委员会的心理学家派了他的一位名叫赫尔·芬格斯特（Herr Pfungst）的实验室助手返回院子去做更详尽的实验。芬格斯特先生搭起了一个帐篷，赶走了人群，最后，他把赫尔·冯·奥斯腾也赶了出去。他蒙上汉斯的眼睛，堵住他的耳朵，塞住他的鼻子，然后依次问了他一些问题。几个月的时间里，这个人终于找到了规律。如果汉斯看不到他的提问者，他就回答不正确。马会寻找提出问题的声音来源，嗅着空气，然后给出他默认的“1-2-3”反应。有时他就像一台不确定的节拍器那样不停地敲着蹄铁箱。芬格斯特发现，当人们问出自己也不知道答案的问题时，这匹马也无法回答。汉斯发觉，这匹马的能力和人类的认知——根植于人们脑海中的那些答案有关。

多年来，马一直观察着院子里人类身体的动作，握拳、弯腰，等等。整个表演过程中当他们提示汉斯要表演这神奇的踢踏数数时身子便会紧张，当他们听到了踢踏时便会放松。然后他们便会给汉斯胡萝卜，或是面包，或是一块糖，还有——尽管对马来说这似乎并不重要——一阵掌声。赫尔·冯·奥斯腾先生的一丝不苟并没有教会汉斯代数和单词，只是教会了他看懂提问者身体的秘密语言。这就是汉斯真正学到的：他读懂了人体在等待满足时的紧张感，这时候发出蹄击，便能得到回报。

在试验中，芬格斯特发现他可以使用一些伎俩诱导汉斯给出错误的回答。他会问这匹马，十二乘以三是多少？然后他全神贯注于“28”这个数字。他将这个错误的数字放在意念的中心，然后将注意力集中在汉斯的马蹄动作上——愚弄他，让他心生希望，相信这匹马会朝着他内心的错误答案奔去。

当一个人将数字“28”强烈地放入他的大脑，将全身心诉诸这个数字——直到一匹马可以从他的拳头、呼吸、脸上和脚上读出来——这个数字怎么可能是错的呢？

竹子收割机（Bamboo Harvester）

试播中第一次出现的动物是一头棕色的夸特马，嘴很硬，对新把戏不感兴趣。试播失败后，菲尔姆威制片厂（Filmways Studios）在补拍镜头时几乎替换了所有元素：一个更显傻气的威尔伯[①]，一位金发碧眼的妻子，一个不同的姓氏，和一匹全新的马。

---

① 《艾德先生》（*Mister Ed*）于1961年10月1日至1966年2月6日在哥伦比亚广播公司（CBS）的节目中播出，主角“艾德先生”是一匹马，主人威尔伯·波斯特（Wilbur Post）是一位善良的建筑师。

这次是一匹帕洛米诺马——和“扳机”[1]一样！——不是租来的，而是买来的。

他们找了四个州才找到他。在购买后的两周内，制片厂就给他做了绝育手术，注册了新名字。虽然有“竹子收割机”这个霸气的名字，但他看上去更富有邻家气质——正适合 1961 年的黄金档。他花了制片厂一千五百美元。他们肯定事先检查了他的牙齿。

马的嘴不会说谎，所以你很少上当。你不妨把它当作一个价格标签，因为年龄、护理程度、饮食、性情——这些信息都能从马的嘴里看出端倪。臼齿的沟槽会告诉你他嚼过什么东西：燕麦、谷物或从坚硬的地面上拔下的沙草。牙龈线上的黑线表明他已经过了壮年，牙脊上的一串“杯状”痕迹会显示他的早熟。良好的臼齿意味着他得到了精心护理。

除此之外，马的嘴讲述了一个千万年来有关胜利的故事。那张嘴里有时移世换，从始新世到渐新世再到中新世，这个星球都有马的痕迹。当地球冷却，丛林让位给草原，马的嘴变长了，以容纳前面尖锐的用于觅食的门牙，以及后面用于加工的臼齿。这就使马的眼睛朝着耳朵边上移去，便有了著名的马脸。因为有后牙，马的消化从口腔就开始了，这是他们能快速获取能量和进行充分思考的关键，大脑额叶膨胀了，面部的灵活度提高了。哺乳动物的一大生物学奇迹，很快就会在《电视指南》的封面上露齿而笑。

---

① 另外一匹好莱坞明星马，也是一匹帕洛米诺马，共拍过 87 部电影，出演过 101 部电视剧。

艾德先生拿起电话打给克林特·伊斯特伍德①。艾德先生和威尔伯打乒乓，挥舞着球拍大获全胜。艾德先生钓起一条鱼，在键盘上敲打自己回忆录，打一场完美的保龄球，偷走威尔伯的钱包，放走一只鹦鹉，亲吻他的茶点，唱流行歌曲，念叨“有着马尾辫的漂亮小母马”——都是用他那张不可思议的嘴。当然，艾德先生还会说话。

在他的新戏份里，第四句台词是“现在怎样，棕色母牛”②——这样的文字游戏是为了引起农场主的共鸣——但是没有一头牛能应付这样的绕口令，因为牛嘴的结构无法应对类似挑战。牛的嘴唇是用来保护牙齿的，而马的嘴唇则更灵活多用。六块长长的肌肉可以向多方向拉动。上嘴唇是用来抓取食物的，极为敏感，不仅可以咬住食物，还能为食物排序，依次进食。当嘴变得更灵活时，就有了文化交流功能，变成了柔软的社交工具，维持着情绪张力：收缩表示紧张，蹭蹭表示亲昵。马的文化很大程度上就依赖于这张技艺高超的嘴。

有人说艾德的教练在马的牙龈上涂花生酱，这是一则流传已久的谣言，还有他们将电棒插进他的屁股云云，也是胡扯。多数迹象表明他们其实是这么做的：在艾德先生的嘴唇下挂一条尼龙线。当教练给出某个信号时，他会张开嘴试着挣脱这根线；当教

---

① 克林特·伊斯特伍德（Clint Eastwood，1963—），好莱坞传奇影星，特别以西部片闻名。

② 原文是“How now，brown cow”，文字形式上对称，音节上押韵。

练给出另一个信号时（有可能是用马鞭在后骸处拍了一下），他便闭上嘴。至少在最初的几十集里是这样的，直到这匹马对人群的指令变得更为敏感——他的认知进化了。

艾德先生在前两季中的说话方式有明显不同。早期，他的嘴动得更勤；他张大嘴，舌头伸向威尔伯，下巴动个不停。然而，随着剧集的进展，艾德减小了动作幅度，牙齿紧闭，只是扭动嘴唇。不过，那个为艾德配音的牛仔一点也没有改变他的拖腔。

这种小型的会话可以在无需绳子的情况下进行，因为马现在可以仅根据触摸信号做出反应。在这个为期五年的节目快要结束的时候，他甚至不需要马鞭。他明白了，当他和威尔伯单独在一起的时候，他们就想让他在威尔伯停止说话后嘴角不停摆动，假装接上这对话。

1994 年，扮演威尔伯的演员艾伦·杨（Alan Young）出版了他的传记，其中至少有一半的内容是关于艾德的。“尽管我一开始抱有疑虑，”杨写道，“但最终，和一匹马一起工作成了我生活的乐趣。”他记得曾和饲养艾德的驯马师一起骑马兜风。杨坐在马鞍上聊天，驯马师注意到载着杨的艾德缓缓地踱着步，即使没有任何摄像机，只要背上的人停止说话，这匹马就会动嘴唇。

东方快马（Eastern Express）

当你正在马场上策马奔驰时，你要知道，地球上没有哪根脊骨比你胯下的这根马脊柱更适合奔跑了。马的胸椎骨比人类多了六根，而且都进化得坚固又结实，由筋络支撑。在你身后的是马能全速前进的主要原因：靠近臀部的肌肉结构，比任何一头驴、公牛或骆驼的都更有平衡感。臀部和肩膀下的矫健马腿用了五千万年的时间进化到这个长度，以满足急速奔跑的需求。这就是马和你在地球上骑的其他小型四肢动物的区别，他们奔跑时后背也必须运转。他们也不像你那样四肢不平衡、脚底柔软、耐力较弱、颈骨脆弱。

再加上有一千八百年历史的马鞍、一千七百年历史的马镫、五千年历史的骑马术，以及三千年历史的缰绳；再加上你花了这么多年时间才培养的这个特殊身体——经过那么多训练后马和骑手融为一体，他就像是延伸在你面前的身体，通灵般地协调。

马术比赛中，你不是悠哉骑着小马驹的游客，也不是单手驾驭固执野马的牛仔。骑行赛马是一种语言——你们之间的每一个连接点都是一个语汇。当他奔跑的时候，你的腿对着他的腹部和背部说话，你的髋部和臀部贴近他，使他得到平衡；你的手拉着他的脖子向上延伸。不同强度的信号组合使这些身体语汇变成了短语，甚至是句子。而这六分钟的奔驰所穿越的多变地形，就像是两英里自由书写的段落，你们以每小时二十一英里的速度将泥土、树篱、篱笆和池塘连接成句。

他以前从未参加过这种比赛，按照赛事的规则甚至从未进过赛场。他对你的信任使他冲向四英尺高的跳跃障碍，在第一时间迅速领会你的指令。起跳之前的动作很关键，如果你过早地做出跳跃姿态，那你就会“扔掉”你的马。虽然给他起跳的动力很重要，但马的起跳点在他的脖子上。过早地摆出起跳姿势，就像是忽然脱机，或是任务控制中心忽然断了电，或是一个空中飞人在搭档看见踏板前就把她甩了出去。赛事的评委会说你“把马扔了”。

被“扔掉”的马很可能会忽然停下来，将身上匍匐于耳朵之间的骑手像踢球进网那样甩出去。所以，要将你的腿、臀和手尽可能长时间地放在他能感觉到的地方，坐骨紧贴马鞍，并和他的每一步同步。当他寻找栅栏的时候，多做一些腿部动作，这是告诉他：*我还在这儿呢；我知道接下来会发生什么*。当他终于看见跳栏时，他的耳朵会向前竖起，此刻你依然要保持谨慎。数着你的步伐，将腿抬起，和他紧紧待在一起，待在他的背上。

你会发现在你周围，骑手们纷纷落马。场上三分之一的对手会因为弄错栅栏的宽度而遭淘汰，或是在上坡时从马鞍上摔了下来。他们将比赛中的这些阻碍称之为“棺材”，因为它们已经吓坏了许多匹马。每当骑手跃杆失败，一人一马分别落在了栅栏的两边，他们会互相朝着对方叫喊，用声音安抚彼此。

不过你在骑上马的第一天就知道，有好几年的时间里你都会不停地摔在地上。这是一个无法改变的事实，当你跳上一匹重达一千磅的格斗动物并要求它奋力奔跑时，你还能作何期望？野心是疯狂的，回报也是疯狂的。人想飞就要冒险——你，以及所有人类，都应该知道这点。

当然，你在那时一无所知，对于奔跑的事你也不会记得。你记得的最后一件事就是在马厩里和别人聊起你一直在训练的那匹可爱又嘴馋的马，他原来的傻名字叫“水桶”（Bucket），后来你将它缩写成了“巴克”（Buck）。对于这样一匹温柔而好胜的马来说这个名字有点不合适，他和你过去那些刚烈的坐骑都不一样，他让你变得稳健——只要你不是故意的，就不会搞砸。

你不会记得从起跑门出发时候的样子，不会记得盛装舞步时你在他背上有点紧张，也不会记得从起跑门到第一次跳跃之间的慢跑。你不会记得跨越第二道栅栏时，或是在靠近第三根栅栏时——那是一个简单的“填充栏”，为了调整节奏而设——那个糟糕的选择，你在他的半步中过快地抬起自己的身体，脱离了他的身体，朝他的颈处撞去。

他有七块颈椎骨，就和你一样，名字也取得一样。你将向前滚过所有的颈椎骨，但仍然紧紧抓住缰绳，把马笼头也带了下来。你跃过了他的轴椎骨，和你的一样那是用来转动头部的；跃过寰椎骨，和你的一样那是用来支撑脑干骨的。

在你自己的脖子上，这两块骨头将承担你跌倒时的所有重量，你六英尺多的身高，加上马身十七掌的高度。合体被分为两半。两根脊柱：一根的主人在小栅栏的一侧打滚，另一根的主人则像一匹受惊的小马般和医护人员嚷嚷着“我不能呼吸了！”你的头部每晃动一次，骨头的碎片都会更深地刺穿你的脊髓。

人群围了过来，他们叫着你的名字，因为他们都知道你是谁；媒体记者扛着摄像机跟来了（当然了），他们之前得到你在城里的消息，而你此刻躺在地上一动不动，你的脖子就卡在这个奇怪的角度。你前不久还在镜头里看起来神采奕奕，当时你骑在另一匹巨大、华丽的生物上——另一个闪耀明星；你像一个自信的超人一样，和坐骑并驰前行；而现在，马已经回到了谷仓——谁知道巴克还记得些什么——而你却昏迷不醒。没有了巴克你依然起飞，上升，上升，一架救生直升机将你带走，那架直升机的名字——巧吗？——就叫“飞马”。

奥利奥（Oreo）

一匹翻车的马会让人肠胃一紧。扭曲的身体——让我们对它所要求的优雅荡然无存——令人不适。对我们来说，所有那样的肉体都是处于危险之中的风景，这也许可以解释为何无数艺术作品中都有坠马的形象。看看德拉克洛瓦[①]笔下扭曲的脖子，贺加斯[②]画里伸出的舌头，《亚历山大马赛克》（*The Alexander Mosaic*）中战车里的肥胖躯体。

我们无法忘记《格尔尼卡》（*Guernica*）中那匹马嘶吼时惊恐

① 欧根·德拉克洛瓦（Eugène Delacroix，1798—1863），法国著名浪漫主义画家。

② 威廉·贺加斯（William Hogarth，1697—1764），英国油画家、版画家、艺术理论家。

的眼睛。毕加索只是在两个歪歪扭扭的圆圈里点了两点，但马的恐惧和疯狂一览无遗。马扭着脖子奋力地向后注视着，整个画面都旋转起来。

下午 4 点 20 分，一辆马车正在纽约市中心行驶，一台脚手架忽然掉在了马车前方，这匹叫奥利奥的马受到了惊吓，跑了。车夫仍紧握着缰绳，马车被拖进了哥伦布圆环广场。当他撞上一辆停着的宝马车时，马车的后半部分已经被撞坏了，车上还有两名澳大利亚游客。马车又往北过了几个街区，其余部分也散架了，那匹不受阻的马冲进了第九大道，穿过了五十九街和五十八街，然后忽然停了下来。据现场围观的人说，当奥利奥在五十七街看到红灯的时候，他停了下来。

在陆地上，没有哺乳动物比野马拥有更大的双眼。马的眼睛硕大，不停地转动，比人类的眼睛更能放大眼前的事物。位于头部两侧的眼睛几乎可以看到身后的所有事物。即使当马弯腰吃草时，眼睛也会扫视整个世界，观察周围状况。当人类的眼睛进化成锐利的、向前的、带有掠夺性的器官时，马的眼睛则想看到更大的画面——刚好能够捕捉到风险的影子，然后以强壮的身体奔跑。马用眼睛来锁定遭受突袭的可能性，身体则随时准备着服从眼睛的指示一跃而起。体现在眼珠里的恐惧，是马活下去的原因。

到了下午 4 点 35 分，有两个人把奥利奥带到人行道上，将他绑在了一根柱子和一棵树之间。他还戴着眼罩，所以他不知道身后和左右的情况。眼罩带来镇定的效果——让他在工作时保持冷静和专注。一匹马的视野是如此宽广和敏感，甚至连他拉的马车都能吓到他。但是现在马车不见了，车夫也不见了。他独自一人站在街上，只看得到平时视野的四分之一。

“他太紧张了。”一个低沉的声音在可视电话旁喃喃道。

当骑警设法给他注射温和的镇静剂时，周围已经围了一圈人，他们饶有兴趣地盯着奥利奥看，看他抖落制服，躲闪飞镖，露出牙齿。他的眼睛在头上打转，不停地舔着空气。

奥利奥受了惊，由于皮下肌肉组织的扩张，他的眼睛似乎鼓了起来，就像是相机的光圈自动打开。尽管陷入了惊慌失措，但身体的本能告诉这匹马要更仔细地观察。随着眼球的飞速转动，虹膜周围的白色巩膜变得更加明显，珠光流动，更像是我们自己的眼睛。也许我们那么喜欢画马或是雕刻马恐惧的眼睛，是因为它最像我们自己的眼睛。

4 点 40 分，药物开始生效，将奥利奥的恐惧从他身上带走。他将上半身放低，前膝弯曲，后腿伸直，就像打完盹的猫一样。从围观者的位置看去，他有点站不稳，后腿渐渐无法支撑。当他的臀部终于跌坐在街上，人群里发出了呼喊声——当奥利奥完全倒下时，他们齐声发出了“啊呀”的声音。

“马只要一倒下，就会攻击人。”一个低沉的声音这样说，毫无帮助。

“看那儿。”一个更高的声音提醒着人们。这句话发挥了作用。

看那儿。看看人行道上的那具躯体，那眼睛渐渐变成了棕色，静止不动。五千年来，我们出于自身的利益一直在训练马克服恐惧，但从未成功过。我们已经花了五千六百万年的时间吞下了人类自身的恐惧，但马的全部身体机能依旧围绕着这个宿命打转。马透过恐惧的目光打量世界；恐惧让他穿越了六大洲。我们在他身上所赞颂的不是优雅，不是力量或智慧，而是这原始的恐惧，和任何一个物种都同样古老。如果我们一直以来都与他的恐惧朝夕相处，那我们又如何对待自身的恐惧？

看那儿。看着他也在看。他在搜寻我们。这双巨大的眼睛在我们身上停留那么久，看到了什么我们依然看不到的东西？

看那儿。看受惊的孩子将六匹马的目光误认为神的审判，然后弄瞎了他们。看末世的异象中上帝发誓说“必使一切马匹惊惶”，“看顾犹大，但……使列国的一切马匹瞎眼”。

看格林童话中“聪明的汉斯”，当这个阴郁男孩的心爱之人要求他“投以友善的目光”时，他把马厩里每一匹马的眼睛都挖了出来，接着把它们丢到那姑娘的膝盖上。当在马的眼睛里看见自己的影子时，她惊慌失措，拔腿就跑。

麦克

Mike

鸡

1945

人类社会倚靠资源而活，就像麦克一样。

——《时代》杂志，1946 年 10 月 29 日

很快麦克就发现他没法再打鸣了。他尝试了好几次——煞有其事地蹲下身子，展开翅膀——但只能在肚子里发出低沉的咕噜声。这声音感觉就像是被埋在了土里，又像是厨房水槽堵住时的流水声。这奇怪的声音让奥雷①感到不安，他找来眼药水滴管，将麦克堵住的脖子清理干净。

真可惜，奥雷和克莱拉②想。如果他还能叫，门票至少可以再多收十美分。毕竟麦克只是轻轻地挥了下翅膀，那群人就激动不已了。但话又说回来，对于一只大部分时间里只是坐在那里的鸟类来说，收费超过二十五美分就不厚道了，无论他有没有头。此外，这个节目已经有点坏了名声，大家都知道麦克旁边的梅森罐里的那个脑袋是假的。在回科罗拉多州弗鲁塔的路上，克莱拉的虎斑猫叼着麦克的脑袋跑了，所以奥雷就在路上"腌制"了一个鸡头。

记者们带着记事本蜂拥至弗鲁塔，就像动物学家带着他们的

① 劳埃德·奥尔森（Lloyd Olsen），简称奥雷（Oley），是无头鸡麦克的主人。
② 克莱拉·奥尔森（Clara Olsen），劳埃德·奥尔森的妻子。

放大镜。他们对克莱拉做的肉汁馅饼大快朵颐，呆呆地看着麦克幸免于难的部分脑干，然后从现场带回了故事报道：《身首异处的鸡平静地活了下去》《无头鸡继续活着，体重渐长》。《生活》杂志和《吉尼斯世界纪录》都提到了无头鸡，盐湖的实验室做了鉴证，并报销了差旅费——人们开始不断地讨论起奥雷新买的捆草机和他那辆崭新的雪佛兰——另外有谣言说肯定是弗鲁塔的水有助于鸡血凝固。在那之后，弗鲁塔人挥斧砍鸡成了一道风景，他们先将自己养的鸡固定住，然后故意做出斗鸡眼（他们想象奥雷就是这样做的）。他们会故意挥空第一刀，为刀刃热身，然后沿着颈部的羽毛横切下去，并留下脖子的底部，公鸡的大半脑干都在那里。然后一家人便在一旁看着掉下来的鸡脑袋在地上翻滚。

被砍了脑袋的鸡通常会摇摇晃晃地走过几块农田，然后一步、两步、三步——掉进了土里。有几只鸡活到了下午或日落后，有的甚至活到了第二天。整个农场都在关注他们，直到这些鸡失血过多，或撞到了大烟囱上，或从门廊跌落，或碰到了其他的“最后一击”。麦克本可以告诉他们：无头而活并不容易。

弗鲁塔纪念碑咖啡馆的老人们公开表示他们一点也不在乎。咖啡馆外，拿着跳绳的小女孩却一心想知道答案：“麦克，麦克，你的脑袋呢？就算没有脑袋，你也不会死！”有一篇文章回答了女孩的困惑，上面说麦克之所以没死是因为他的求生意志“几乎和人类”一样坚强。但在这个没有脑袋的身体里，这几乎和人类一样坚强的意志究竟会在哪里呢？没人想到这个问题，而麦克显然也无法回答。

这意志不可能存在于他的自信里，因为他已经无法昂头鸣叫，他的无头形象也会把母鸡吓跑。所以会不会存在于他的血管里，一种凝结的意志？血小板、凝血酶和髓鞘质诞生的单纯意志，能让血神奇地收放自如？或是麦克的意志和那些挂在弗鲁塔页岩上的腕龙骨头相同，等待着必将到来的第二人生——或是作为梳子的一部分，或是作为小雕像，化身为你在给壁炉扫灰时小心翼翼唯恐打破的那种古董珍玩。

他本可以凭借这坚定的意志与人类的愚行做斗争，这对于动物王国里的任何一个成员来说都是高尚的事业。也许他早就知道，在那个寒冷的夜晚，克莱拉的母亲会来探望，让奥雷握着斧子的手紧张地微微颤抖。他不禁猜想，总有一天奥雷会让那只偷了脑袋的猫从视线里消失。他也料想到了，某一个表演结束的晚上，在湿漉漉的汽车旅馆里，他的脖子会突然被黏液堵住，而奥雷将那关键的眼药水滴管落在了上一个巡演站，两百英里之外。

如果麦克这时候还活着，那颗幽灵脑袋大概正因为厌恶而止不住地颤抖，看看这两个人接下来会出什么幺蛾子？

或许最好是将麦克的意志看作完全不同的东西。有些生物会拥有另一种神经系统，让他们不只是简单地打鸣、追逐母鸡，而是甚至超越了自然秩序。如果说麦克活下来是为了住上带音响的豪华帐篷，又有何不可？或是为了他通过皮肤震动感受到的响亮欢呼声？也有可能是为了被飞蛾绕着的嗡嗡作响的热灯泡、克莱拉在他背上温柔的抚摸、酒店里代替了鸡笼和木箱的软乎乎的毛毯。粉丝寄来的信上只是简单地写着寄给“科罗拉多州的无头鸡”，邮局一看便知，准确无误地交付给麦克的农场。

让我们告诉自己这就是推动他前进的原因——十八个月过去了，无头鸡在院子里绕了最后一圈。也许支撑着这只公鸡在五百个看不见日出的日子里依旧活下去的意志，正和百老汇主持齐格菲尔德（Florenz Ziegfeld）一样，和闪光灯、度假胜地波希特带一样，和要上台的舞者一样。和“牵我的母鸡”（咚咚隆隆）、“医生，我这么做的时候头很痛”、“那你最好别这么做”（咚咚隆隆）、“妈妈总是说在鸡被砍头之前别数数”（咚咚隆隆）、“公鸡？我几乎不认识！”（咚咚隆隆）[①]一样。

也许麦克一直都知道，在这个世界上，宝贝，如果你真的想出人头地，你需要一个噱“头”。

---

① 这些都是以无头鸡麦克的故事为基础进行的英语俗语的变形。

阿拉贝拉

Arabella

十字园蛛

1973

从许多方面来说，
这只小小的昆虫都是天空实验室[①]空间站的明星。
——路透社

① 天空实验室（Skylab）是美国国家航空航天局于1973年至1979年进行的首次空间站计划。

她在初夏的时候破茧而出，在家人的呵护中度过了一天左右的时间，这只未成年的十字蜘蛛准备飞翔。她匆匆爬向一些植物样本，脸朝外——一道叶脊，一根嫩枝——她就栖息在那里。然后她抬起腿，从腹底喷出丝线。她的丝线在相同重量下比钢筋要强韧五倍，比人类股骨有力两倍。

当六月的风将丝线捻成空中之路，她的身体跟随它，就像是一个小小的气球追逐着它的线。这段旅程始于一阵剧烈的疾风，直到她的丝线与某个固定的物体缠绕在一起才结束——灌木，或栅栏柱。这样的旅行距离可能是一码，也可能有半英里远。对一只十字园蛛来说，半英里的旅程就像是一个人抓着一阵风从密尔沃基飘到了麦迪逊。

地心引力在不知不觉中从天空实验室 3 号中的宇航员身上脱离。七百七十万磅的火箭被推离地球，在发射的最初几分钟里，他们一直被压在指挥舱的“沙发椅”上。当时，他们的大腿与座椅垫布只隔着很小的空间。如果没有安全带，这三个人就会像一旁的马利筋[①]那样飞到运输舱低矮的天花板上。

① 一种观赏植物，别名莲生桂子花。

过了几个小时，导航望远镜上出现了一个白色的小点，在黑色太空中显得尤为明显。又过了几个小时，这个白色的小点等待着，盘旋着，变成了一个闪闪发光的圆柱体，两侧是巨大的太阳能电池板，顶部是风车形状的望远镜——天空实验室。他们将在这里对接：进入黑、白、金色交织的太空舱门，以几乎每秒半英里的速度下落地球轨道。

着陆后不久，一只十字园蛛织出了她第一张完整的网。她向外抛出一条线，当感觉到它被固定住的时候，便将线的另一端固定在她休息的地方。这就形成了一座她可以通行的单股桥，等她走过去后再吐出第二根桥线加固。然后，她悬挂在桥中央，自由落体让桥形成 Y 字形。她从身体中拉出一股又一股丝线，旋转、垂下、攀爬或陡降，把每根线都钩到 Y 的分叉处。很快，十几条丝线从 Y 的中心延展出来，就像是丝绸般的云隙光。

她不停地侧身，转动辐条，将它们连接成三十圈车轮螺旋。然后她便切换腺体，吐出更黏的丝——其黏性足以让她捕获更重的猎物。她用这种黏丝织出了第二层螺旋。接着，她吃掉了第一层螺旋，然后吃掉了轮毂，最后自己待在了轮毂的位置。虽然这只年轻的蜘蛛无法从合适的距离去欣赏她作品的全貌（就算她可以，她的视线也无法远距离聚焦），但她刚刚确实运用了地球上最壮观的技艺之一填满了这一块空间，这种技艺已经延续了数亿年之久。她大约花了半小时。

NASA 用近十年的时间设计了天空实验室的轨道车间，但最后的蓝图却未能充分考虑人们上下移动的空间。空间站并没有被一层牢固的地板分为两层，而是被交叉的横梁隔成了开放式的金属网格。一根长长的蓝杆穿过中心，这样人就可以扶着这根杆子在车间四十八英尺高的空间里来回走动，但宇航员在拿到他们的航天轴承不久后便弃用了这根杆子。他们更喜欢推着墙走路，以臂为舵，漂浮在空旷的中心，从车间的头部出发——经过餐厅、厕所，以及固定在墙上的三个小睡间——到车间的尾部——那里有无线电和电视设备、生物物理实验室、材料处理器和只有人类拇指大小的塑料瓶，里面装着一只名叫阿拉贝拉的十字园蛛。

阿拉贝拉天生就能像弹吉他一样拨弄她的网。她天生就能用一只跗节爪拨弄整张网，感受世界的拉力如何改变网的振动频率。她天生就能在网的底部结出更厚的丝，因为重力使然，跳下去捕食要比爬上去省力。她天生就能吐出轻渺的游丝，从危险中自由落体，利用她的体重作为推力在她吐出的丝上倒挂而行。

没有什么比这种内在的敏锐更能说明“蜘蛛”为何物了，这种与生俱来的本能习性让她能无限深入大地，也能远离大地。她的腿，她的爪子，她的嘴，她从体内释放出的丝线，它们都明白——带着亿万年来生物经验所累积的一触即发的敏锐——我们这个伟大星球想要植入她体内的成果。

直到执行任务的第八天，科学领航员欧文·加里奥特[①]才飘

① 欧文·加里奥特（Owen Garriott，1930—2019），美国国家航空航天局前任宇航员，执行过天空实验室 3 号和 STS-9 任务。

到了阿拉贝拉待的小瓶子旁。NASA为她定制了一个十五英寸的方形笼子，前部是一块厚玻璃，大小正好让身处其中的阿拉贝拉宛如一张装了框的肖像画。框周围装有长形的荧光灯和相机，右上角有通往阿拉贝拉运输瓶的连接点，为她进入笼子创造一个狭窄的通道。没有人愿意冒险让一只小蜘蛛溜进轨道车间的其他空间，这小家伙有自己的想法。

整整一个任务日中，她都拒绝走隧道。虽然负责照顾她的只有科学领航员，但机组其他两名成员却不得不密切关注她。航天员杰克·洛斯马①看见加里奥特打开了阿拉贝拉的瓶子，便过去搭把手。"它不知道它这是在哪儿，可怜的蜘蛛"，他之后回忆道。指挥官艾伦·宾②曾登陆过月球，他在私人日记里提到了她："欧文打开了笼子里的瓶盖，摇了几下瓶身，将她晃了出来。她立刻来回蹦了四五次，然后被困在了盒子边缘相机屏幕的面板上。她坐了下来，紧紧抓着屏幕。"

最早有关阿拉贝拉在天空实验室的十六毫米胶片影像与其说是记录了一只蜘蛛，不如说是捕捉了蜘蛛的魂魄——一个黑灰色的蜘蛛幽灵。她身上闪烁着八根细丝：这是她的腿。还有十几条若隐若现的细线，上面闪烁着白色的小点：那是她的蛛丝。在影

---

① 杰克·洛斯马（Jack R. Lousma，1936—），美国国家航空航天局前任宇航员，执行过天空实验室3号以及STS-3任务。

② 艾伦·宾（Alan Bean，1932—2018），美国国家航空航天局前任宇航员，执行过阿波罗12号以及天空实验室3号任务，世界上第四个踏上月球的人。

片中，她试图自由落体，结起网的雏形，却一通手忙脚乱。你看到她先是在一条水平线上疾走，边跳边想方设法维持平衡，直到她彻底失重。腿部无法着力使她跌了回去，向下滚落，虽然在一个空间站的笼子里，对于一只翻着跟斗的蜘蛛来说并没有“下”这个方位可言。她的头抵着腹部，朝着侧面螺旋状地翻滚。她的腿朝八个方向伸去，然后又收回来，绝望的爪子紧紧抓住空荡荡的空间。最终，她艰难地到达了笼子的角落，试着在这里安静地待上一会儿。

在这之前，科学领航员加里奥特已经花了几个月的时间在位于亨茨维尔试验场的天空实验室模型里练习太空步。到了第九个任务日，他关闭了空间站其余房间的气闸室，打开了舱门，来到了一个之前只有二十五个人到过的地方：热层，“高真空”，地球与其最近的天体邻居之间的真空。一条六十英尺长的绳索从他的腹部伸了出来。

他将一根五英尺长的细钢杆从舱门里拖出来，手套里粗胖的手指让他不得不放慢速度，然后拖出另一根，接着又是一根。他将它们头尾相连，直到组成两根十一英尺长的指向太空的长臂。然后他将自己从立足点上解开，将热处理过的金色布料绑在了长臂末端的连接点上。接着，他将帆布摊开，直到它像是一床覆盖在轨道车间上的金色羽绒，使天空实验室不必直接承受太阳的热量。

在返回室内之前，加里奥特游到了飞船另一边风车望远镜的末端。自从在亨茨维尔训练以来，他就发誓要在太空中找个时间，将脚趾伸出天空实验室的边缘，探头向下看去。

从某种意义上说，他所看到的景象有整个美国大峡谷那么大。从另一种意义上说，他看着地球，就像是一只十字园蛛盯着一颗很小的小行星，那颗小行星大概是以某个在前往太空路途中殉难的高中教师①的名字而命名的吧。而从一种完全不同的意义上说，这个宇航员什么都没看到。

回到天空实验室后，加里奥特发现阿拉贝拉在微重力的状态下织出了她的第一张网。

人与月亮之间的距离就像是俄勒冈步道对一只蜘蛛的距离。一只蜘蛛要爬到她六英寸长丝绳的末端，就如同一个人在一根六十英尺长的脐带上漂移。一只蜘蛛从四英尺高的网上自由落体，就如同一个人从太空站的一端跌落到另一端。

蜘蛛是粒子，人是粒子，他们之间的引力与两者质量的乘积成正比，与两者距离的平方成反比。

当一个人所了解的世界以宇宙级指数增长时，他和蜘蛛的距离就越近。

---

① 指克里斯塔·麦考利芙（Christa McAuliffe，1948—1986），美国高中教师，被选中参加 NASA“太空教师计划”（Teacher in Space Project），1986 年不幸于挑战者号发射事故中丧生。

当一只蜘蛛不再有工具来指向自己时，她与人的距离就越遥远。

阿拉贝拉织出来的第一张网松散而无序，就像是她在地球上的完美之作的哈哈镜映像。因为她感觉不到自己身体的重量，她结网的丝线厚度不一，不切实际，只有几条是绷直的。这蛛网看上去就像是杂耍表演里算命人的破烂披肩，或是一张网不住任何鱼的渔网。地球上只有脱皮、邻近死亡或四肢不全的蜘蛛，或是那只在 1948 年被瑞士药理学家注入了安非他命的蜘蛛，才会织出这样的网。

太空是天空实验室全体宇航员的兴奋剂，在九周任务里的第二周，他们向任务控制中心要求了额外的工作。科学领航员加里奥特在一个任务日里录入了二十二个小时的工作日志。尽管 NASA 曾提议让他们带着游戏机和电影放映机去太空，但所有宇航员真正盼望的娱乐和休息只是凝视窗外，在微重力的环境下进行飘浮游戏。因为太空会唤醒人体中的部分机能。这些人变得更加灵巧，也不感到那么恶心了。零重力为他们的脊椎骨减了压；在飘浮中每个人都被拉长了至少一英寸。

到了晚上，宇航员们飘到车间另一端的笨重的白色储物柜前，他们绕了几圈，像三只踩着轮子的阿斯泰尔仓鼠一样，从墙上滑到天花板。他们会穿着白色袜子和四角裤打滚，或是花式滑行，摆出水上芭蕾的姿势。他们发起了一项飘浮挑战——从垃圾气闸仓到阿拉贝拉的笼子，再到厨房，再到舱口，一直到通往太空的指挥舱——看看谁能在这过程里不碰到任何东西。后来加里奥特打趣道："如果不来太空，我们可能会参加奥运会。"这位科学领航员把这个游戏称为"扮演蜘蛛侠"。

灯光会照在阿拉贝拉的笼子上，模拟日出。从瓶子里被放出来的第六天，也就是发射的两周后，她仍在努力在垂降身体时控制住丝线，以免线和身体缠绕在一起。笼子的墙壁是固定的，这是她熟悉的环境，所以她在墙和墙短短的间隔之间织了一条紧绷的桥线。她发现，在太空中织网的唯一可行办法便是避免飞行——脚踏实地。

她紧紧地抓着笼子的墙和墙角，织出更多的短丝线，尽可能地拉紧它们，沿着它们行走（而不是自由落体），固定每一条径线，每一个螺旋的转动。她用后腿的长度来测量每一个螺旋；每一个环都与纺绩器和后爪尖之间的距离相配。位于她第三对腿之间的爪子就像抓钩一样紧抓着丝线。

在某些方面，这张网并非雄心之作。她没有织那么多圈螺旋，用更厚的捕猎丝线编织的蛛网底部明显不平衡。但整体结构是均匀和缜密的。回到地球的话，人们仍然可以认出这是一张蛛网。

八月七日，指挥官宾的日记里写道："阿拉贝拉完美地织好了她的网。当欧文在早餐时告诉杰克时，杰克说：'哦，那很好。我喜欢看到蜘蛛时不时地做点什么。’”

又是宾，他在八月八日的日记里写：“阿拉贝拉昨晚吃了她的网，又织了一张完美的网。”

八月十日的日记：“欧文今天对着蜘蛛录制了三次。”

这些人和他们所携带的货物每隔一小时绕地球一周，位于赤道南北方向的轨道倾角为五十度——他们与赤道平行地环绕，时上时下。他们与地球上仅有的联系时断时续——用电传打字机发送信息；他们妻子声音的正弦波输送了过来；当加里奥特经过他的家乡俄克拉荷马州伊尼德时，这座城市的电网会朝他们眨眨眼睛。虽然自从停靠之日起舱内的格局就不曾发生改变，但随着每次太空漫步，人和物之间的距离越来越远。当液态意大利面或是扳手从他们手中滑落时，他们不再下意识地去抓回来。

八月十一日，这个日子本应是宇航员的休息日，但三个人都不想休息。阿拉贝拉也没有休息，她又织了一张可爱的网——这是她这些天里织的第四张网。加里奥特喜欢称她为“我们的朋友阿拉贝拉”，并在前一天注意到她“在这个位置上离巨大的地平线很近”。在八月十二日他传回地球的资料中，他描述这位朋友正将网从角落向前方和中间移动——这个地方更上镜——织的网也离家更近。他在报告中的声音洋溢着喜悦，“在没有任何经验的帮助下，仅仅是靠自己的努力，她很好地找到了对付零重力问题的

办法”。

休斯敦太空中心每天“早上”都会用新闻将他们唤醒，但宇航员们知道当天最糟糕的新闻总会被略去。罗根机场的坠机、智利的政变、在控制室十五英里之外发现的连环杀手……NASA 并没有让天空实验室听到这些消息。而在地球上，理所当然地，天空实验室是头版头条——至少每天都会有一篇文章，不是在描述这些宇航员就是在描述他们追逐彗星、在轨道上记录睡眠情况的消息。大部分文章都想方设法在篇幅中加入了电视盒子里小蜘蛛的消息。

沃尔特·克朗凯特（Walter Cronkite）主持的哥伦比亚广播公司晚间新闻播出了她在空中织网的样子。她出现在一张银色之网的中心，令人印象深刻，这幅画面出现在了《科学新闻》和《洛杉矶时报》上，美联社也登出了。阿拉贝拉织出每一张网时，人们都在观察她、拍摄她、传播她，阿拉贝拉、宇航员和地球上人们的关系越来越紧密。NASA 本来计划在几天之后让阿拉贝拉死亡，但正如《华盛顿邮报》指出的那样，她已经“获得了全体宇航员的喜爱”，以至于“在飞行中途，欧文·加里奥特询问如何做才能延长这段关系”。

谁会处死织出太空中第一张网的功臣，处死这个被记者李·爱德森（Lee Edson）称为“可能是世界上最杰出的蜘蛛”的生物？民心所向，当爱德森宣称，“NASA 通过了另一个高层决定，阿拉贝拉将于九月二十五日和宇航员一起返回地球”，没有人感到意外。

那时，任务控制中心已经有了自己的吉祥物蜘蛛——阿拉克涅，她住在指挥中心的一个玻璃笼子里。当他们听着加里奥特在太空中描述他的朋友阿拉贝拉时，他们就可以看着阿拉克涅来想象。他们用无线电命令加里奥特在那天的晚餐中留下一丁点儿菲力牛排。“当阿拉贝拉在笼子里的时候，请小心地将这块牛排放在她的腿边”，驾驶舱通讯员理查德清楚地命令道。据《纽约时报》报道，“蜘蛛很喜欢它，于是开始织造另一张网”。

每一张新织出的网都把这个星球抓得更紧。天空实验室所观测到的神奇宇宙——银河系的 X 射线地图，太阳日冕洞的彩色证据——和所有的地球生物之间，只有阿拉贝拉能架起这种遥相呼应的关系。当她沿着蛛网上的直线缓慢踱步时，当她以身体吐出的固定之物为支撑时，她正走向地球上人们可以理解的事物范畴：电视中、报纸上长篇大论的报道像是一团黑暗的、不近人情的星云，而这个成功的生命叙事出现得恰到好处。她仅凭一些触手可及的事物就成功地织出了网：她的腿、她的笼子、每十八个小时就有人替她亮起的灯泡。这只蜘蛛低调而顽强地在那遥远而荒凉的地方创造出了原本属于尘世的作品。在宇航员的飘浮作业之外，她的作品是人们所熟知的——那是专门为地球上的人类所织的认知救生线。

因为比起一个人穿着内衣在飞船里来来回回地翻滚，你会觉得一只趴在织网中央的蜘蛛更令人熟悉。因为人在太空里就像是一个穿着外星工作服的海军飞行员，解开金色的织物，以免价值上数十亿美元的船被附近的太阳熔化。而对于蜘蛛来说，太阳仍然意味着她花园里的“太阳”。她的八条腿并没有做任何防护措施，直直地踩在一根苹果枝上。她并非获得名誉学位的科学博士，或是美国天文学会的会员。她从未站在月球上眺望地球。

因为天空中的蜘蛛没有头衔，只有一个甜美的女儿般的名字。当我们念出这个名字时，它便会在空气里发出铃铛般悦耳的声音。

指挥官艾伦·宾在任务结束之后就退休了，开始了他的绘画生涯，他完成的几乎每一幅油画都描绘着一个人站在月球上的场景。航天员杰克·洛斯马在二十世纪八十年代指挥了一次航天飞行，之后便竞选州参议员，以失败告终。在天空实验室任务结束后的第十年，欧文·加里奥特重返太空，二十五年后，他帮助儿子前往国际空间站——这是第一名将太空旅行传给下一代的美国人。

阿拉贝拉回到了地球，却没有幸存。根据NASA的说法，天空实验室在海中降落后的第二天，他们发现运输瓶里的这只蜘蛛蜷缩成了一团。路透社保证：“将进行尸检。”死因是脱水，阿拉贝拉最后的结局只能是和天空实验室的其他数据一起被分类保存。

如今，她身在美国航空航天博物馆一个黑色的圆筒里，靠福尔马林维持着形态，前方有玻璃可以供人参观。她的编号为

A19740484001，和天空实验室的其他设备一起展出。在一堆钛合金、氯丁橡胶、热固性塑料和玻璃纤维蜂窝面板等化工材料中，她被罕见地标记为“有机物质”。

尽管加里奥特比她多活了四十多年，但他并没有忘记那只蜘蛛。2013 年，他参加了 NASA 为纪念天空实验室四十周年而举办的研讨会——会上还邀请了一名空间站的现任科学领航员。当这位年轻的科学家提到他早期在微重力环境下的动物研究时，已经八十二岁高龄的加里奥特几乎打断了他的话。他从椅子上向前俯了俯身，脱口而出：“你们记得阿拉贝拉这个名字吗？”他看着面前的记者和学生，睁大了他湛蓝的眼睛。

在他身后的巨大投影上，出现了天空实验室 3 号的官方纪念刺绣徽章，所有参与过天空实验室的工作人员的肩膀上都会缝上这个徽章。这个圆形的徽章图像以列奥纳多·达·芬奇所绘的《维特鲁威人》(*Vitruvian Man*) 为基础，画中人物以其身体比例和站姿而闻名。赤裸的男人身后是一个圆圈，一半是地球，一半是火红的太阳。这个人似乎飘浮在这个徽章的中心，将蓝色和红色分开。他张开八个附肢，探向画面的边缘。

兰斯洛特

Lancelot

家山羊

1985

（简而言之，孩子们有些不同。）

——《为何观看动物？》，约翰·伯格（John Berger）

我小学一年级的时候，一头迁徙的座头鲸游到了旧金山湾上游七十英里的地方，被困在里奥维斯塔北部的一片淡水泥沼中。全国的报纸刊登了数十篇关于这头鲸鱼的故事——很快他被命名为汉弗莱——近一个月里，晚间新闻在跟踪报道他的进展，周末节目比如《60分钟》也有汉弗莱的加长片段。我住在这个国家的另一端，尽我所能地获取更多的信息。播出的视频其实所言甚少——通常只是拍摄汉弗莱周围的小型船只，或是在船上和岸上的人们，他们敲打着炊具，想要吓唬下游的鲸鱼。我还记得有一个男人坐在渔船上，将一桶盐水泼到汉弗莱的背上。汉弗莱无精打采，无法翻身或喷水，他就像是长长的光滑的原木，漂浮在激动的人群附近。关于这头鲸鱼，这就是我在地球上所知道的一切。

这可能就是我为什么会将座头鲸汉弗莱和小马宝莉以及复活节兔子归为一类。汉弗莱的故事对我来说简直就像是魔法。当彼得·詹宁斯[①]在新闻中提到汉弗莱的名字时，我就像是听到《蓝精

---

① 彼得·詹宁斯（Peter Jennings，1938—2005），美国广播公司黄金时段的《晚间世界新闻》（*World News Tonight*）节目主持人，是美国观众十分熟悉的一位电视新闻节目主持人。

灵》的主题曲那样兴奋地冲进客厅。

他们最终决定让汉弗莱游回开放的水域。他们将一个高科技扬声器扔到河里，播放出座头鲸群的叫喊声，引领着汉弗莱。新闻和老师都将这种叫喊声形容为“歌声”，那年我七岁，在一个七岁孩子的理解里，这头鲸鱼已经在歌声中游进了安全地带。我还能想象到最后的结局画面——迪士尼般的完美结局！——在一座我此生见过的最大的桥下面，有船驶过，后面跟着巨大的鱼影。那头鲸鱼在游回家的路上经过了一座拥有美妙名字的大桥——金门大桥，然后他和同类会待在一个我和家人都从未去过的遥远地方。

我眼中的动物世界大部分都拥有这种并不真实的“魔法”滤镜，这也让我陷入盲区，无法注意到和我们共享这个世界的动物与那些用来取悦我的动物之间有多么巨大的不同。在成长的某个时刻，当我学会将大自然本身的奇迹与令人着迷的故事分开去看待，我心中有什么破碎了。只有当长大成人后我才能看到这种脱节，我不确定同代的其他孩子是否也会这样，因为我是一个人长大的。

我出生在二十世纪七十年代末，复活节前四天。所有寄给我母亲的贺卡上都画满了彩色的小鸡仔和小羊羔。护士们在画有跳舞的粉色小熊的卡片上写下了我的性别和医院 ID，贴在摇篮和我们房间的大门上。在我出生不久后的照片中，经常会出现一个穿着海军马甲的毛绒兔玩偶。在镜头里，我是一个睡眼惺忪的、毛茸茸的小东西。

母亲带我回家的时候，将我包裹在一条绣着蓝帽子和小鹅图案的毯子里。她将我的身长和体重写在了一张水鸭图案的卡片上。她还把我小时候的事情写进了一本封面上画着一只胖兔子的笔记本。我睡在一张碧雅翠丝·波特（Beatrix Potter）童话主题的黄色婴儿床上，被“彼得兔”“三只小猫”和“两只老鼠”[①]包围着。

一年后，评论家约翰·伯格发表了《为何观看动物？》的第一版，这篇论文被誉为动物学研究领域的奠基性文献之一。伯格在文章的一开始就概述了一种“遗失”：在很长一段时间里，动物对于人类生活来说都至关重要，他们紧密地围绕在人类及其文化周围，与日常生活和精神生活都息息相关。但是，伯格说，由于工业革命和二十世纪种种事端的连锁反应，“之前维系着人与自然和谐关系的传统被打破了”。正如伯格所认为的，动物不再是文化的“信使和承诺”，也不再是我们的生存伙伴。相反，他们只是作为绝育的宠物、饲养在动物园里的生物，或是“商业传播的动物形象”而存在。这些商业图像、毛绒玩具、动物故事书，在伯格看来，只传递了“社会实践中极其微小的部分”，伯格指出“碧雅翠丝·波特的书和画就是一个早期例子”。

我按照彼得兔的婴儿读物学唱了第一首歌《老麦克唐纳》，我在快一岁时学会了“小猫”这个词。我生日那天，妈妈烤了一个

① 都是碧雅翠丝·波特代表作中出现的动物。

小猫形状的巧克力蛋糕，糖衣上有未煮过的意大利面（当作胡须）。那时候，我会兴冲冲地告诉别人小猫说了什么，小狗说了什么，甚至连鱼儿也会讲话。夜里，我躺在婴儿床上，看见一群四足动物蹦蹦跳跳地走向“快乐农场”。我的绿色泳衣形状是一对鼓着眼睛的青蛙，我穿着绘有眼镜猫头鹰的棕色格子裙去见圣诞老人，我在复活节得到了一只穿着粉色围裙的毛绒兔子——那是我最好的朋友，黛咪——我上幼儿园的时候走哪儿都带着它。

到了现在我才意识到，在一个只有两个一直在工作的成年人的房子里长大，我是一个相当孤独的女孩，这在我心中留了一处伤痛——没有碎掉，只是有瘀伤——如今仍可以找到。当触碰它的时候，那种孤独的感觉就像是迷了路一样；我不禁想起来，这么多年来，在家里我是我这个物种（现代儿童）的唯一一员。令人惊讶的是，我竟然没想到汉弗莱也是几英里范围之内的唯一一头座头鲸，没有同类，他是我现实世界的一部分。很大程度上，我心里的这个痛处是被动物给予人的期望和信息所抚慰的，至少我被告知动物是这样的。我沉迷于有关动物的书、玩具和电影。《小狗波奇》(*The Poky Little Puppy*）教会了我阅读；《夏洛特的网》告诉我老鼠很恶心，以及我妈妈有一天会死；《可可的小猫》（*Koko's Kitten*）让我明白每一种动物都想要得到温柔的关爱。我仍能凭记忆复述这些动物故事的大部分内容；它们陪我一路成长。

到了晚上，我把房间里的东西都塞在床脚的篮子里，整理好之后，我能听见盒子里的毛绒玩具在黑暗中呜咽。当我独自在院子里的时候，我常常假装自己是荒野中的孤儿。我会在雨中溅起水花，故意掉进泥坑。我幻想着什么样的动物会找到我，并将我置于它的羽翼之下。有时它是一种自然界里存在的动物，像野马或是狼，但经常也会是更神奇的存在——一条幸运龙或是一匹会飞的白马。当然，在我看来，它们都是一样的。

遇到汉弗莱那年，我七岁了，生日是在一家以动物电子乐队“现场”表演闻名的比萨店里庆祝的。在用餐区，这些机器动物会在设置好的时间开始表演——一头棕色的熊在打鼓，一头大猩猩在弹键盘，一头北极熊负责弹吉他。中场休息时会拉起幕布，我偷偷地溜到幕后，抬头看手鼓乐手的百褶裙——这个鼓手是一只巨大的、一动不动的啦啦队老鼠。当她被拔了电，她涂着紫色眼影的机器眼睑半睁着，一动不动。

《为何观看动物？》中最为犀利的章节便是描述野兽和早期人类之间眼神交流的部分。伯格对事情发生的时间和地点模棱两可，但他确信当人与动物对视的时候，经历了一种深刻的理解。他们认识到了彼此的力量和各自的秘密。由于缺乏共同语言，伯格把他们之间的联系称为“无声的友谊”。人类和动物在相互平行的轨道上生活着，人类感到来自动物的凝视加强了“人类作为一种物种的孤独感”。

伯格说“动物和人类之间的这种观看……可能在人类社会的发展历程中起了至关重要的作用”。拉近和他们的距离给了我们很多启发——无论是我们了解还是不了解的。这种孤独的凝视同时赋予动物某种精神性的力量，并让他们在人类艺术上占有一席之地。无论是作为牲畜还是掠食者，这种接近使他们“真实”而有生命力。“他们被驯化又被崇拜，被喂养又被宰杀。”在伯格式的凝视下，我们可以看到动物占据了人类生活的重要部分——宗教的和日常的，生物的和神话的。正因为如此，在人类看来，狮子既是威胁，也是神。这种凝视让动物“既属于那里，也属于这里”。

但是按照伯格的说法，这种凝视是我永远不会经历的，因为真正的动物早在我抵达他们之前就已经从我的体内被抽离了出来。我由衷地承认这一点。对我来说，这里不过是一片人造的荒野。这里有米妮睡衣，有霹雳猫的浴缸玩具，还有我可以带上床的毛茸茸的哺乳动物，在睡前我会和他们聊我的秘密。动物的形象不曾在我的成长世界里缺失过。我的视线范围里，假的动物要比人多，比机器多（尽管它们永远不会回望我的注视）。我知道这些动物和真实的动物世界没有关联，但因为它们无处不在，在数量上超过了其他一切，对我来说这就是宇宙——人造的动物铺天盖地，存在于我周围的每根人造纤维中。我不知道伯格是否考虑过，当这些动物形象的“商业化传播”如此狂热地涌进年轻一代的思维时，未来的人们会有什么样的变化。

他在文章里倒是提及二十世纪受此影响的人类是一群平庸的资本家，但我们似乎应该将他们看成思想已经成型了的成年人。伯格很少想到儿童。他文章里的“现在时”属于成年人，他们身在人类与动物之间的早期关系中。但如果当一个人是在《为何观看动物?》里所描写的混乱时代之后出生的呢?当她在成为自己的过程里不断发现自己身在一个假冒的动物园里，又会发生什么?

我认为我想象的这些动物本质上存在于我的精神世界，他们通过成千上万个小时的卡通和书籍、《迪士尼奇妙世界》(*Wonderful World of Disney*)和我自己傻乎乎的自导自演，在我的脑海中愈演愈烈。当然，他们并没有形成我的整个文化认知(或许?)，但我绝对是个狂热者。尽管我周围没有真正的动物，但我会用这些被包装过的动物概念来帮我解决各种问题，我会唱动物的歌来安抚自己，我也会向他们祈祷。

我的信仰——我是在远离宗教的环境中长大的——是一张白纸，在二十世纪后期，“脑海中的动物”正好填补了这块空白，任我自由嬉戏。我在那里寄放了一部分灵魂，那是独一无二的我，尽管是被包装过的，尽管伯格说那里什么都不存在。我对故事、艺术、想象的感知，我写下的文字，我处理问题的方式——都来自我的假冒动物园为我塑造的青少年时期。

我母亲带我去了华盛顿的国家动物园，在那里我和上千名观众一起围观了一头长颈鹿的分娩过程(“你能相信这件事发生时我们就在现场吗?”)。在布朗克斯动物园，我骑了骆驼。在南卡罗来纳州的一个收费便宜的动物园里，我父亲将我举在他的肩膀上，我用棍子去逗鸵鸟玩，直到它咬了我的鞋。在亚特兰大动物园为期一周的夏令营中，我在爬行动物馆后面的实验室里看了纪录片《迪士尼野生世界》(*Wild World of Disney*)，我还记得馆内有一条黄色的蛇和我同名。在指导员温柔的带领下，我们参观了火烈鸟区域，甚至在空荡荡的北极熊展厅里玩了雷德洛夫游戏①。每天早晨，我们在北极熊出没的地方奔跑和大喊大叫，感觉就像是参观某个名人的家一样。

这些动物园中的大多数都已经进行了翻新，改造成了当下流行的动物旅游模式，郁郁葱葱的栖息地和室外观景亭取代了早期的混凝土笼子和轮胎秋千。这些动物园的设计不再是伯格在二十世纪七十年代末所指责的贫乏的“戏剧道具”，那些布置无非只是“在猴子旁放一些断枝，在熊的旁边放一些人造岩，在鳄鱼旁挖个浅水湾再铺上些鹅卵石”。不过，当然，这并不意味着现在的布置就更为自然。

根据伯格的说法，“动物园只会让人失望”。它呈现的只是“毫无生气、呆滞迟钝”的标本，动物不仅脱离了自身的自然环境，还失去了所有自然的驱动和个体兴趣。它们和观众的眼神交流变得麻木而呆板，不再闪现灵光。在动物园里，人类和动物并非处在两根“平行线”上，这些动物已然变成了家养宠物，如此依赖人类，不再能够独自存活。

但在我的记忆里，好像不曾有过伯格描述的那种失望。因为在动物园里，我常常太忙了，并不会在一种动物面前停留太久。有一件事可能是那时候的伯格无法预测的：在我上世纪八十年代

---

① 雷德洛夫游戏（Red Rover），一种由儿童手牵手在操场上玩的多人小组游戏，在 19 世纪比较盛行。

去参观的新式动物园里，着实是将边缘化的动物更加边缘化了。除了为动物搭建更逼真的栖息地之外，这些动物园还建造了许多“发现亭”和活动设施——攀岩墙、填色站，还有儿童火车在小路上一圈又一圈地绕着。人行道上有数十个推车小摊，你可以在橙子形状的塑料桶里买到 T 恤或是浓缩橙汁！这更像是参观主题公园而不是动物园。

堆在卧室里的毛绒玩具，其重点不再是为了伯格所说的还原动物的“本来面目”而服务。我曾和他们自由玩耍，建立自己的动物王国。我在动物园里玩儿童游戏时，那些动物对我来说，就像是比萨店里由机器动物组成的乐队。他们是派对上的背景音乐，某个阳光明媚的下午，他们会在室外演奏爵士乐，或许还有马戏、野餐、一两件礼物。

伯格说，每一个在彼得兔的伴随下长大的动物园游客都会问自己：“为什么他们不是我想象中的那个样子？”十年后，我想我更有可能会问：“为什么这里会有动物？”

在伯格的文章里，最后一部分是有关动物园的；他以一个悲伤的画面结束全书：一群人站在关着动物的笼子面前，笼子里的生物再也不会投来任何有意味的目光。于是，人们只能互相打量，将对方看成“最后被孤立的物种”。他说，这是动物园的失败。也许这就解释了为什么当我来到动物园时，他们会让我去玩游戏或做其他事，当然，少不了买上几件东西。也许这才是我那个时代的孩子蹦蹦跳跳走进动物园时最应该问的问题：“既然商业社会已经将真正的动物从我身边带走，难道它不应该为我提供一个像样的替代品吗？”

汉弗莱的故事发生在我去动物园露营的同一年，同样是那一年，我的祖父母带我去了玲玲马戏团。那一年的巨星是兰斯洛特①——“活着的独角兽”，马戏团 1985 年的年度主打节目。我用了自己的零用钱，三美元，买了这个节目的门票。表演结束后的几个星期里，我不停翻阅着节目宣传册，直到原本光鲜崭新的页面脱落成了碎片。据说在前一年的某一天里，这只“活着的独角兽”就这样溜达到了马戏团帐篷里，谁也不知道他来自何处。兰斯洛特是不老的；没什么是可以让他忧虑的，除了节目组说会让他将玫瑰花瓣当晚餐。在彩色照片中，他经常会站在一位漂亮的美国小姐旁边，他长长的白色毛发——与其说是鬃毛不如说是贵妇犬身上那种柔顺的卷毛——像做了烫发护理一样，流露着光泽。

他头上的角大得惊人：是动画片《最后的独角兽》(*The Last Unicorn*）主角的两倍。这只角还被涂成了粉红色，从兰斯洛特的前额伸出，闪闪发光。在其中一张照片中，他和两名与我年岁相仿的孩子一同出现。照片中的金发男孩对着摄影师微笑，而一旁的小女孩则用一种敬畏的眼神盯着他头顶上的独角，好像完全忘记了摄影师的存在。兰斯洛特站在中间，面向前方，看上去有点

① 兰斯洛特是一只经过改造的独角山羊。

像是白人版的瑞克·詹姆斯[①]。谁知道他在想什么。

这个节目还出了一张海报，我将它贴在了我的衣柜门上。海报上的兰斯洛特被设计成了丽莎·弗兰克（Lisa Frank）式的风格，由桃红色的相框装饰，上面还有标题“我看到了活着的独角兽！”。我不确定海报中的独角兽插画和照片里的独角兽有多少不同，但现在看来，很明显画上去的独角兽是一匹马，鬃毛挺直，鼻口丰满，有着更长更宽的脖子。眼睛不像是山羊的眼睛，直直地盯着观众。

在马戏团，兰斯洛特并不是迈步入场，而是乘他的专属坐骑。他乘坐在一辆带有希腊花饰的液压花车上，高处有一个涂成金色的舞台。一位打扮得像是女巫葛琳达[②]的演员站在兰斯洛特的旁边，朝观众挥手。独角兽有专属的金色台座，只是面积比较小，他只能将前脚搭在上面。

追光灯打来，在车的周围形成了一个光圈。兰斯洛特站得笔直，只是随着花车的移动，舞台上稍显拥挤。旧金山市政中心的喇叭里传来了矫情的管弦乐声。从我的座位看过去，兰斯洛特不过是毛茸茸的白色的一团。但是当聚光灯照向他头顶那傲气凌人的独角时，我和周围的人都倒吸了口气。他比马小多了——也许只有小马驹那么大——这同样也使小小的我感到十分激动。

---

① 瑞克·詹姆斯（Rick James，1948—2004），美国创作歌手，有一头长卷发。

② 《绿野仙踪》中的虚构人物。

我现在在想为什么马戏团不直接将角绑在一匹真正的小马身上。要知道在一个竞技场大小的舞台中，观众离得那么远，要卖弄戏法原本就不难。但马戏团采取了另一种角度：无论观看的距离是近是远，就是不存在长角的马。也许他们需要一只在照片特写中看上去更自然的角。他们知道人们会迷上那个节目，会去比对细节，所以他们需要一只在烟雾效果和聚光灯之外真实长出来的角。不过我觉得他们更像是想要一鸣惊人，哪怕是因为荒谬。这是出色的马戏团逻辑：这个突兀的、非马的身体是如此奇怪，但当你得知它是靠吃玫瑰花瓣为生的时候，似乎一切又顺理成章。换句话说，马戏团的目的在于，兰斯洛特看上去越不自然，观众就越会看得津津有味。

我回想起那场表演，内心只留下一股痛楚，它来自我内心深处孤独童年的脆弱之地。它柔化了兰斯洛特那可疑的身体。就算我明白那头独角兽确实有可疑之处，但我仍然想要他。

我并非渴望他的真实性，而是渴望与某种现实之外的魔法待在一起。伯格的动物园动物为我带来了挫败感——卧室里的毛绒玩具无法找到真实对应。但是兰斯洛特却不同：圆台的中心，伪造的景象，恰好印证了我所有简朴、孤立的想象，魔法变得可信。狂野、疯狂的兰斯洛特就站在我面前；我看得到他，也梦得见他。对我来说，这头独角兽“既属于那里，也属于这里”。

在这种感触的作用下，我忽略了独角兽的真假，我知道他也可能是受害者，但这并不妨碍我感到快乐。我那时还无法理解让一头我想象中的动物存在于世要付出多少代价。对此我感到羞愧，我的体内仍然住着无知。我不明白，或者说我拒绝思考，驯服何以成为可能——人类以各种各样的方式展示和改变其他生物。

碧雅翠丝·波特的故事里从来没提到过，山羊在出生时头角松散，在出生后的第一个星期里只是浮在皮肤下。我从没想过人类会在一只刚出生的小羊身上做活体解剖——将角芽从眼睛上方的位置移植到了头骨的额骨上。只要再多个十天，这样的移植便无法进行，因为那时头骨已经僵化了。无所顾忌的人类将小山羊的前额分为四瓣，并重新组合——这个过程叫做“椎弓根再建”——所以当多角形成时，它们会在松果腺上融合，喷发出单角蛋白柱。

就算我再热衷于幻想，又怎么会想到这些？即使是我七岁时最狂野的梦，也不会想到“独角兽”竟然植根于美国专利#4429685号，官方将这项“培育独角兽的方法”专利授予了从教会领袖转为兽医的蒂莫西·G. 泽尔（Timothy G. Zell），别名是欧特·G. 吉尔（Otter G’Zell），或是奥布朗·瑞文哈特（Oberon Ravenheart）。

纽约演出后，有人打电话给美国爱护动物协会，告知兰斯洛特的事。食品药品监督管理局仔细调查了这件事，并宣称尽管兰斯洛特畸形，但他是一只健康的山羊。另一个电话打给了纽约消费者保护协会，对马戏团是否可以以“独角兽”的名义进行收费表示质疑。马戏团在《纽约时报》登了一整版广告作为回应——“别让格林奇[①]偷走你的幻想！”——并且拒绝承认它是以六位数的价格从别处买的。兰斯洛特又进行了一轮全国巡演，接着就从马戏团消失了，从那以后再也没有被提起。

当然，当我看见兰斯洛特的时候，我的脑海里不曾浮现这些争议。我只是1978年在美国出生的成千上万个婴儿之一，目睹了经过改造后的山羊在市中心乘着一辆金色战车的景象。但是三十年后，我在这里试图解释当我看见动物时究竟发生了什么，那些使我怦然心动的动物，那温热的气息从他们的身上发出——无论是座头鲸、小长颈鹿，还是和我同名的那条蛇。

也许这就是《为何观看动物？》最后一章中动物园场景的尾声，这就是动物的意识如今可以成为什么的证明。在伯格之后的四十年，我心目中的动物确实华而不实，从一开始就缺少事实根据，但也足以给我安慰。尽管他不存在也不自然，但他的形式依然存在，这形式具有一种奇特的、神话般的属性，这是像我这样的孩子唯一能理解的属性。

我心目中的动物是明亮、华丽、痛苦的错误。是我无常欲望和极力无视残酷现实的活生生的证明。奇怪的是，他是政府批准的；兰斯洛特遵守规则。我们的生活与其说是平行，不如说是被强大的意志弯曲，直到相互触碰。

---

① 格林奇（Grinches），1957年出版的广受欢迎的童书《格林奇如何偷走圣诞节！》（*How the Grinch Stole Christmas!*）中的精灵。

比起野马、可信赖的猎犬、碧雅翠丝·波特的兔子，我与动物真正的关系更像是寄存在这只有着水汪汪双眼的好似被奶油漂洗过的畸形羊身上。在某个不知名的角落里，他做了手术，幸存下来，脑袋上长出了淡粉色的亮晶晶的王之象征。在我生命的某处，兰斯洛特的“这里”和“那里”是并行生长的，那是我开始长大的地方——也因此他总是将我带回原点，又生出全新的事物。很有可能，当我每次去书写某个动物时，我只是在写他——这也就意味着，我惊恐地领悟到：我只是在写我自己。

是的，兰斯洛特说，然后他转向我，用他那双闪亮的山羊眼睛看着我。他直视着我孤独的灵魂，我头颅里有东西在微微颤抖。来看看早已为你准备好的——看看活着的独角兽。**过来**，埃莱娜·玛丽，看着我的眼睛。你能相信我们为对方所做的这一切吗？

可可

Koko

西非低地大猩猩

1988

最终，帕特森女士责备了她，并比画了“坏猩猩”，一旁的可可比画着“有趣的猩猩”，并大笑起来。

——美联社

作者注：这一篇文章由一头著名的会使用手语的大猩猩所掌握的词汇构成。我没有偏离那张记录在案的词汇表，并根据大量报道试图还原了那头猩猩所使用的语法，不过笑话的讲述方式是我自创的（尽管可可确实以她的幽默感闻名）。

猩猩可可用手语比画过一个著名的笑话：爸爸猩猩，妈妈猩猩，宝宝猩猩饿了。需要工作。

胡子男说："什么工作？"

爸爸猩猩说："真正的一起表演。好的表演。好的练习。好的灯光。"

胡子男说："还有什么？赶紧。"

爸爸猩猩说："'你好！'妈妈猩猩；'你好！'爸爸猩猩。一起跳舞；拍手，人们。爸爸猩猩吹口琴；妈妈猩猩扮小丑；拍手，人们。'你好！'宝宝猩猩。滑滑板，跳木偶舞；拍手，人们。爸爸猩猩亲吻，妈妈猩猩亲吻；猩猩拥抱，妈妈猩猩找到乳头；拍手，人们。乳头亲，乳头搓，乳头捏，乳头拍，乳头在下面，指甲刀乳头，许许多多乳头触摸。舌头乳头。乳头三明治。"

胡子男说："谁的乳头？"

爸爸猩猩说："所有的乳头。现在爸爸猩猩，妈妈猩猩，躲猫猫的腌黄瓜。戳肚子，躲猫猫的腌黄瓜，拍拍屁股。用屁股走路。拉扯头发。胡闹的时间。刻薄的爱。妈妈猩猩拿紧了腌黄瓜；骑滑板。拍手，人们。

"妈妈猩猩找到了宝宝猩猩。小面拉。闭上嘴巴。勒住小蝌蚪。蛋黄酱项链。爸爸猩猩在那里；爸爸猩猩坐着。渴了，爸爸猩猩舔；妈妈猩猩绑上。宝宝猩猩坐妈妈猩猩。都是躲猫猫的腌黄瓜。制造麻烦的腌黄瓜。

"宝宝猩猩去找英格丽。'你好'英格丽。英格丽转过身；宝宝猩猩摔跤。英格丽有麻烦。魔鬼英格丽。'你这个又坏又脏的厕所英格丽。'英格丽做布丁。英格丽大笑；英格丽吃。英格丽生病。妈妈猩猩尝一尝。瓶子比赛！英格丽电布丁。英格丽去找爸爸猩猩。腌黄瓜瓶子比赛！躲猫猫的腌黄瓜现在着火了！

"英格丽的洞吹烟圈。妈妈猩猩的洞吹口琴。爸爸大猩猩跳舞，面条上的气球。宝宝猩猩小丑时间，蝌蚪上的气球。英格丽的洞冒着烟烟。绕着滑板——烟面气球口琴骑车全部！口琴洞演奏'紫色的雨！'所有蛋黄酱雨！都完成了！谢谢你。"

胡子男说："哇，这个秀的名字是什么？"

爸爸猩猩说："我们精彩的势利小人！"

胡子男皱着眉笑了。

帘子。[1]

---

① 可可是一头雌性西部低地大猩猩，以掌握大量改良版的美国手语手势而闻名。她睡觉时喜欢围着一层帘幕，这让她有安全感。所以当她不想再和任何人说话时，她会比画“帘子”。

奥萨马

Osama

尼罗鳄

1998

在情感上，我们没有那么容易分清人吃动物和动物吃人之间的区别。

——《早上，睁开眼》（*Eyelids of Morning*），阿利斯泰尔·格雷厄姆（Alistair Graham）

鳄鱼奥萨马住在乌干达的维多利亚湖畔。

《征服阅读理解》学生练习册里面有篇文章，以“一头叫奥萨马的鳄鱼”开头。《征服阅读理解》为澳大利亚的儿童所写，内容分为二十六个单元，每个单元都包含了一篇写作范文，并设计了一些问题。第二单元“文学描述”，绘声绘色地描述了一个叫阿比盖尔的女孩望着窗外的场景。第四单元“步骤”，说明了划皮划艇的要点。而由五个段落构成的文章《一头叫奥萨马的鳄鱼》便是第三单元“事实描述”的全部内容。

他身长近五米，重达一吨，在六十年的漫长岁月中，
杀死并吃掉了湖岸上乌干达村里的八十三个人。

占据第三单元大部分版面的是尼罗鳄的简版紫红色素描，而相较起来关于事实的陈述和描写少之又少。页面上所画的这只爬行动物比起壮年的鳄鱼窄了许多，眼睛也画得不够圆。腹部应该更厚，呈脏紫色；尾巴应该更长一点，上面应有条纹。还有很多属于这一顶级捕食者的事实没有在文中得到描述：奥萨马如何能在水下屏息一小时，或者停止分泌消化液来扛住一年的饥饿；他

是如何在陆地上行走的，年轻时又是如何做到飞速疾走的。他能为了一只猎物在湖边徘徊一个星期——成吨的寂静埋伏着。

除了他可怖的过去，
奥萨马还养成了一种新的恶习：

几个世纪里，这些生物学的事实超越了人类的理解。因此人们将尼罗鳄命名为神——贪婪的神，抢劫、诈骗，在吃了一半的人的身体上交配。因此人们为一头驯服了的鳄鱼穿金戴银，在节日里为它唱歌。因此人们会将自己装扮成鳄鱼，将死去国王的内脏喂给湖里的怪物。因此渔民们会将鳄鱼的脂肪涂在船身上，以躲避闪电，或是将鳄鱼的脑汁涂抹在皮肤上，以防止其他鳄鱼的攻击。

他开始掀翻村民们的渔船，想要抓一个渔民。
他甚至准备跳上船去，认领他的受害者。

但这些有关自然、传说或饥饿的事实都没有在第三单元里出现。“事实描述”这篇文章总共三百二十个词，为儿童提供的都是有关征服的“描述”和一头难以理解之物的“事实”。

村民们向乌干达野生动物管理局的官员求助，
他们想出了一个聪明的计划来抓捕这头食人魔。

当《征服阅读理解》于2006年首次出版时，奥萨马已经六十岁了，却是在不久前才被取名为奥萨马。在他血腥捕食的头十年里，人们称这头鳄鱼为约翰·梅杰（John Major）。在那之前，他被称为古牙（goonya）、麻巴（mamba）或泰沙（Temsah），这取决于谁从相对安全的海岸上指认他。更早的时候，希罗多德[①]将这种生物描述成一双漂浮在水面上的眼睛和一根脊椎，他被命名为“卵石虫”或“卵石混蛋”，或者，最令人震惊的，“卵石人”。

他们在奥萨马巢穴附近一棵树的树枝上挂上了牛肺——这是一道美味的小菜，等了整整一个星期，鳄鱼来了。

将名字看作一种事实描述并不困难。命名为事物定了性，让它不再易变，但也为事实的认知造成了障碍。名字能让征服不了的实体被了解——飓风、凶猛的病毒、食人魔——相当于新鲜的人造标签。命名也是一种证明——证明当自然反复无常的未知力量以我们为食时，我们无法忍受。我们怀疑自己是否能理解世界上不稳定的、非人类之物的大脑，或理解一场来势汹汹的风暴或流行病。我们不能取代它的思想，从而尽力改善它，所以我们只能给它命名，希望把它从自然生长的混乱机制中拉出来。

他跃出了水面，用有力的下颚咬住了诱饵。

我们作为一个志趣相投的团体，为这世界的事物重新命名。通过这种方式，我们让自己相信我们掌握了少量的控制权。命名这一行为就这样带有了某种防御性质，它让被塞入文明处理器的事物进入一个更紧密、更容易理解的空间。我们或许会认为，当

① 希罗多德（Herodotus，约公元前 484 年—公元前 425 年），古希腊历史学家，将自己的游历见闻著成《历史》（*The Histories*）一书。

我们为这头无法征服的生物取了个新名字后，我们就能安然无恙地漂浮在已知的世界上。

这是个致命的错误。

1998年，当这头当时被叫作约翰·梅杰的鳄鱼跳上小船时，一个新的发现传遍了海岸：这种动物太可怕了，甚至不属于自然界。有传言说，任何幸存的渔民——安然地度过了一季又一季——都不是靠他们的聪明或运气活了下来。一定是有幽灵在寻找那些不属于人类的人，在船底下的水里对他们耳语。现在其他渔夫明白了，他们一定是浮士德的同伙，与某一神秘恶魔缔结了约定。当他们明白了这点，就把鳄鱼改名为魔鬼。维多利亚湖沿岸的一些人仍然坚持鳄鱼的真名是撒旦。

那牛肺里藏着一个铜套，上面系着一根长绳子。

1998年八月，两个大使馆发生爆炸，造成两百余人死亡，四千余人受伤。爆炸案幕后主使的名字进入了人们的视线。这个新名字[①]比撒旦的名字要好，因为它多了个音节，便与“圣”（saint）这个发音远了点。等那只鳄鱼的口下又多了十个受害者时，这个新的、属于爆炸犯的人名便被安在了这头野兽的背脊上。这已不是撒旦能够解释的事了，叫那个名字的爆炸犯没被抓住，也无法被理解。因为没有什么比一个人用炸弹“吃”人来得更狂野、更可怕的了。奥萨马，你最接近魔鬼，却仍以人的样貌出现。

---

① 1998年美国大使馆爆炸案的主使被认为是奥萨马·本·拉登。

奥萨马越挣扎，他就越是不能挣脱。

为一头吃人的野兽取一个人类的名字本身就是件值得商榷的事。我们并不是非得那么做——看看那个被取名为热沃当（Gévaudan）的野兽，叫鲁德拉普拉耶格（Rudraprayag）的豹，叫马拉维（Malawi）的恐怖野兽。看看大白鲨乔斯（Jaws）。给它取名为“奥萨马”，意味着不是以一个地区、一种修辞手法或是类似“卵石混蛋”的方法为一个捕食者命名，而是以某种小名的方式，就像在给一个人类小孩取名那样。为什么我们会想要用称呼自己的方式，来对待一头技术娴熟的吃人怪呢？

五十个人拉着绑在网子上的绳子，
慢慢地把这头愤怒的、挣扎的鳄鱼从水里拖出来。

我们这样做是因为我们想在鳄鱼体内植入人的想法吗？我们是否需要将人之恶强加在鳄鱼身上？可能只是因为要去恨一只真正的鳄鱼太难了，恨他胖胖的眼睛、冰冷的血液和花生形状的心脏太难了。当它夺去了那么多生命后，我们必须找到一种方式来感受那种对啃食我们同族之物的恨意。

很快村民们就把奥萨马绑了起来，塞住嘴，任他们摆布。

或许，只是因为没有什么比一头嗜血的野兽更令人难以理解的了。我们理解动物会因为人类的攻击而反击，或为保护其幼崽而攻击。我们理解动物带毒的撕咬，或兽爪的扑击，这是大自然的原始之作，上帝知道我们人类在获取其他生物信任上所做甚少。

但是对这些不可战胜的食人兽来说，攻击并不是为了报复，对他们来说人类只不过是一块块可消化的食材。尽管承认这一点并不好受，但我们身上那些能让我们发明、旅行甚至炸掉大使馆的所谓“高级”器官，其实和牛羚的腿或是傻乎乎的瞪羚的心脏一样，都是滋味不怎么样的盘中餐。

想象一下，当野生动物管理局告诉他们不得猎杀这头鳄鱼时，他们有多惊讶。

奥萨马，这头鳄鱼被赋予的人类名字在词根上其实有另一种食人兽的意思。在阿拉伯语中，奥萨马这个名字便是“猫科捕食者”“狮子”或“狮子的符号”的意思。这是几十个和狮子有关的阿拉伯姓氏之一。在意第绪语、法语、盖尔语、希伯来语、土耳其语、越南语中也有类似的男性名字，我们许多人都喜欢以“狮子”的意象给宝宝取名，尤其给小男孩——也许是因为狮子象征优雅与力量。作为“狮子”的奥萨马意味着棕色的国王和强大的内心：一个强大的男人，在他的宝座上慵懒而松弛，似乎是在自己难以理解的饥渴中颇为自信地看到了某种秩序。

甚至是奥萨马，似乎也拥有自己的权利。

1898 年追踪铁路工人的那两头食人兽也是狮子，那条正在建造的铁路连接着印度洋和奥萨马出现的湖泊。在暴徒奥萨马轰炸大使馆和鳄鱼奥萨马得名的整整一个世纪前，两头无名狮子将一百三十五个铁路工人从摇摇欲坠的湖边帐篷附近拉走——几乎每晚一个。每天早上，工头醒来都会发现“地上到处都是血和残骸”。这种没有鬃毛的秃脸狮子一下就能把人的皮肤舔掉，他们对新鲜人血的贪婪是如此猖獗。

最后，村民们用另一种方式报了仇：

故事的结局，当然是工头在最后开枪打死了他们，剩下的人回到铁路上继续工作。房屋建好以后，工头就把狮子的毛皮拿出来当作书房的地毯，在那里他写了《察沃食人兽》(*The Man-Eaters of Tsavo*)，成了国际畅销书。后来，他将狮子皮作为遗物送给了芝加哥的一家博物馆。今天这两头食人兽依然在那里，被重新命名为 FMNH239-69 和 FMNH239-70。

奥萨马在鳄鱼养殖场的混凝土围场里度过了他的余生，
人们靠他繁殖了许多小鳄鱼，
然后再将他们制成鳄鱼包和鞋子。

我们已经从原始的捕猎关系中进化出来——这只是人类自己编织的神话。如果仔细想想，这种想法其实很孤独：我们最熟悉的掠食者其实是我们内心的掠食者，我们唯一会赋予其权力来吞噬我们的生物，其实是和我们一样的生物。没有躲在黑暗里的老虎，没有白鲸，只有那个轰炸大使馆的人。他没有锋利的爪子和牙齿，有的只是和我们一样的柔软头骨，虽然他有一头狮子的名字。

人们只给他吃死鸡。

还有另一个人，也有着柔软的骨头，在二十世纪二十年代生于奥萨马所在的维多利亚湖的上游。那头鳄鱼三十岁左右时，这个人给自己改名为“地上百兽和海里万鱼之王，伊迪·阿明·达达，陆军元帅阿哈吉博士，终身总统阁下”①。当他把成千上万的同胞扔进维多利亚湖时，一则谣言在人们中间流传，说他在喂湖里的鳄鱼，可能是为了提升鳄鱼对人肉的品鉴能力。但其他人则散布了另一则谣言——有些人认为这是事实——说他也会适时吃人肉。当他被问及这则传言时，他凸起的眼睛望向别处：“我不喜欢人肉，对我来说太咸了。”

对这头巨大的野兽来说，这个结局并不光彩，
但很多人仍觉得是轻饶了他。

当这个人被赶出皇宫，在利比亚奢华流亡四年后，一头来自维多利亚湖的鳄鱼开始扬名。

单词和短语理解

还有哪些词语能够表达“恐怖”“惊吓”的意思？

骇人的　害怕的　谦逊的　可怕的
恐怖的　温和的　和蔼的　阴森的
令人恐惧的　令人震惊的　令人毛骨悚然的　令人难以接受的
骇人听闻的　令人惊惧的　淘气的

这就将我们带回到这篇《一头叫奥萨马的鳄鱼》，比起动物学

① 伊迪·阿明·达达（Idi Amin Dada，约1925—2003），第三任乌干达总统，以恐怖手段维持独裁统治，造成了大量屠杀。

的事实来说，这个写给澳大利亚十一岁孩子的复仇故事好像更关注这个名字。在三百多字的阅读理解中，小读者将“奥萨马”这个名字反复读了八遍，就像是一个咒语，加上一连串愤怒的动词。当他们读到这个名字时，是与“捆绑”“塞住嘴”“挣扎”和“任其摆布”几个词连在一起的。他们看到这个名字被勉强赋予“权利”，然后就永远地被关在了一间混凝土的牢房里。

字里行间——深度理解

*你对抓捕奥萨马的计划怎么看？（这个计划是否聪明，
是否经过深思熟虑，是否需要耐心？）

*当奥萨马被抓获时，村民们为什么惊讶？

*你觉得他们应该感到惊讶吗？

*你认为奥萨马应该得到什么样的惩罚？
你觉得已有的做法轻饶了他吗？

*你为什么这么想？

这本书的目标读者是居住在离鳄鱼七千英里以外的孩子。在文章的最后，关键的阅读提问并不是测试他们对鳄鱼的了解，而是他们对人类一厢情愿想法的了解。也许这种一厢情愿的想法是最具掠夺性的事实。

*“塞住嘴”是什么意思？

目前还没有关于这头叫奥萨马的鳄鱼的死亡记录。他的同名人类在 2011 年被捕，而这头作为繁殖之用的鳄鱼是否能活过六年让人生疑。此时另外两个奥萨马也已经不在世上：一头叫奥萨马的亚洲象，十英尺高，在阿萨姆邦踩死了十几个男人和女人；一头叫奥萨马的狮子，吃掉了至少五十个毫无戒心的坦桑尼亚人。

更多探寻

*在地图上找到乌干达的维多利亚湖。

*查找一下“甜心”的故事，

那是一头生活在澳大利亚北部地区的巨大而可怕的鳄鱼。

2001 年，玻利维亚的一家动物中心里诞生了一对双胞胎美洲虎幼崽，其中一只被戏称为“奥萨马”，“因为他是两个中淘气的那个”。虽然脾气暴躁，不怎么听管教，但他从未杀过人；他甚至没有走出过动物中心，但他的双胞胎兄弟做到了。2007 年，在丹佛动物园，这只幼崽一成年便因跟踪并捕食了一名饲养员而闻名。回到玻利维亚后，他原来的训导员便用乔治 · W. 布什（George W. Bush）这个名字为这头杀手美洲虎命名。

西莉亚

Celia

比利牛斯野山羊

2003

先生：

在分类学、医学、系谱学、生物学和其他文献中，
我们需要一个在英语或其他语言中不会出现的单词，
来指代从他 / 她 / 它血统里延续下来的最后一个人类、动物或其他物种。

——给《自然》杂志编辑的信，1996 年 4 月

最后一头猛犸象死在了一座叫作弗兰格尔的岛上，这座岛一万两千年前就从大陆分离出来。他们在那里至少居住了八千年，从近亲繁殖开始慢慢走向灭绝。即使在人类文明逐步发展的时候，猛犸象仍能独善其身。虽然阿卡德国王征服了美索不达米亚，开始在特洛伊建立城邦，但最后一头猛犸象仍在极为寒冷的一座小岛上独自游荡。

最后一头母欧洲野牛 1627 年死在了科塔罗丛林。前一年，最后一头公野牛死去，他的角被挖空，角顶镶上黄金，被波兰国王用作狩猎的号角。

最后一对大海雀藏在大西洋北部的一块巨石后。1844 年，三个冰岛赏金猎人发现他们在峭壁上孵蛋。其中两个猎人为了拿到蛋掐死了成年大海雀，第三个猎人却不小心把蛋踩碎在靴子下。

最后一只小有名气的旅鸽玛莎去世时已经快三十岁了。几年前，她患了中风，来辛辛那提动物园看她的游客抱怨她从来不动。年长的游客看到她像一件异国风情商品那样陈列在那里，一定会觉得奇怪，因为五十年前，她和她的同类是如此之多，迁徙的时候足以遮住俄亥俄州的太阳。

印加斯，最后一只卡罗来纳长尾小鹦鹉，在玛莎去世四年后，死在同一个辛辛那提笼子里。他的长期伴侣简女士在一年前去世，据说印加斯是心碎而死——这也就成了这个物种灭绝的原因。

当最后一只新英格兰黑琴鸡“红火本”(Booming Ben)死在玛莎葡萄园岛时，他们说他在生命的最后几天一直在为一只从未来到他身边的雌母鸡而哭泣。《葡萄园公报》专门以一整期文章哀悼他：“没有幸存者，没有未来，没有生命可以再次以这种形式被创造。我们看到的是能被写下的最终大结局，瞥见的是寻不得一丝光明的黑暗。”

本杰明是最后一只袋狼——又名塔斯马尼亚虎——在1936年的一次寒流中灭绝。博马里斯动物园的饲养员忘了让它进室内过夜，这只有袋条纹动物没熬过极端的温差。

胃育蛙——会在肚子里孵蛋然后把它的后代吐出来——就在演员罗杰·摩尔(Roger Moore)扮演詹姆斯·邦德的十二年里被发现并宣告灭绝。

1996年，最后一只波利尼西亚树蜗牛图尔吉在伦敦动物园死亡。根据《洛杉矶时报》的报道，“它以每年不到两英尺的速度移动，所以护理员们花了一段时间才确定它已经永远停止移动了”。

同年，佐治亚州一家疗养中心的两名管理人员写信给《自然》杂志的编辑，请求为某一类物种的最后一个个体命名。在名字的提案中，有“终结者”“结束者”“残余者”和“孤儿”，最后被选中的是“小尽头”（endling）。在所有被提议的名字中，它是最微小的，就像是“小鸭子”（duckling）或是“小鱼”（fingerling），也许也是最具故事性的，就像是“末世”（End Times）。它发出的微弱声音就像新生儿手上叮咚响的拨浪鼓，那让它听上去更加悲伤。

当《自然》杂志的读者们还在争论词汇的时候，西班牙的一个研究小组正在计算布卡多山羊的现存数量。布卡多是一种巨大的山地野山羊，曾在比利牛斯山到处可见。第十一世富瓦伯爵写道，在他的土地上，穿布卡多山羊毛衣服的农民要比穿织布的多；有一年冬天，伯爵看见五百只布卡多山羊在他城堡附近结冰的岩层上奔跑。在过去的几个世纪里，布卡多变得更容易受惊——这让好胜的狩猎者变得狂热——并很快消失在险峻的山坡上，重山是他们最好的屏障。

尽管在二十世纪初，一位博物学家宣称布卡多山羊已经在人们的狩猎中灭绝了，但是在二十世纪八十年代，有人在奥德萨山谷深处发现了几十只布卡多。科学家们设好了捕兽笼，结果只捕捉到了数百只体型较小、非濒危的岩羚羊。这是一项令人沮丧的工作，随着人类的不断搜寻，布卡多的数量进一步减少。到1989年，他们只捕获了一只布卡多公羊和三只布卡多母羊。1991年，公羊死了，八年后，布卡多山的“小尽头”西莉亚走进了研究人员的陷阱。

她十二岁的时候，他们用吹箭麻醉了她，并用白布裹住她的眼睛让她保持镇静。他们给她配了一个追踪项圈和一个脉搏监测器，并对两处皮肤进行了活检：左耳和侧腹。然后西莉亚被放回野外度过她的余生。在接下来的十个月里，我们对她一无所知；科学无法报告地球上最后一只布卡多山羊是如何生活的。但是，在她之前，可能是从更新世晚期开始就存在的比利牛斯野山羊有一套自己的存活技巧，他们会分成公羊群和母羊群。在母羊群里，像西莉亚那么大的母羊可以充当领头羊的角色了。当她们在容易受到攻击的地方吃草时，她会在发现危险后第一时间将姐妹们赶上崎岖的山坡，直到站在几乎垂直的悬崖上。然而，在最后那个冬天——就像她坎坷生活的大多数个冬天，或至少生命的倒数三个冬天一样——西莉亚爬上悬崖，只是为了保护自己这一只羊。

有人会猜想“小尽头”是否意识到了自己处在“只剩我一个”的状态。她是否会觉得内疚，或觉得宇宙欠了她什么？这种猜想不仅危险、愚蠢，而且毫无助益。就像想象一只布卡多山羊独自站在垂直的悬崖上，是否会抑制自杀的冲动；就像设想她会用他们群类的语言开始祈祷；或希望她能在生活中感到无所畏惧。这种无畏对于我们这些必须依存他人的人来说是不可能的。

更靠谱的想法是，西莉亚过着她被赋予的生活，没有任何终结感。每年夏天，她都独自爬上佩尔迪多山去吃草，在冬天变得太冷之前，她又独自小心翼翼地走下山谷。她进食、梳理毛发、睡觉，走进森林深处，忍受她生物周期中无用的发情期——仅此而已。

不过话说回来，一只永远与蚁巢隔绝的工蚁会不停地行走，拒绝消化食物，而一只八哥在没有同伴的情况下也会发生细胞坏死。一只垂死的十字园蛛会为她的后代建巢，即使她永远也见不到他们；豌豆蚜虫会在捕食者面前自杀，以拯救它的同类。一只会说英语的灰鹦鹉曾思虑过自己的人生，问自己是什么颜色；一只大猩猩用手势告诉人类他如何成为孤儿的故事。更不用说无数的水母漂浮在温暖的海面上，仰望苍天寻求指引。

尽管问题重重，但我们仍可以将这些归进统一的认知王国：我们生来就为未来而活。繁殖、跳舞、筑巢、守夜——这一切都是为了后来发生的事。在细胞层面上，我们似乎被设定了一个目标，它与我们并不完全相关，但包含了我们种群的未来。我们都在树林中穿行，我们的身体在原子层面上奔向下一个目标。但是，生物的 DNA 是否涉及没有未来的情况？例如有一天，尽管世界仍在周围旋转，但我们——不仅仅是我们——都不复存在？

进入新千年的第六天，西莉亚的颈圈发出了“死亡”的蜂鸣声。是自然死亡——被倒下的树枝压死，她的脖子被折断，一只角也像树枝一样折断了。在一张人类拍摄的照片中，她看起来就像是躺在自己的臀部上睡着了。他们把西莉亚送到当地的动物标本剥制师那里，然后进行活组织切片检查。在零下三百二十一度的液氮中游泳一年后，细胞开始分裂。《洛杉矶时报》发表了一篇长文，探讨接下来可能会发生什么，并引用一位环保主义者的警告：“我们在科学上缺少必须的谦卑。”

在实验室里，技术人员将西莉亚的皮肤细胞与国内山羊的卵细胞配对。山羊卵子中的细胞核被取出，西莉亚的细胞核被放了进去。几乎所有的DNA都集中在细胞核中，所以这种转移就像把一件完美的西莉亚古玩放到了农场山羊的架子上。

哺乳动物的卵细胞被去核后，一般不会发生什么。但有时候，重建的细胞会自己重新编程。多亏了一种人类无法完全掌握的魔法，细胞核让它以卵细胞的功能发展而不仅仅是生成皮肤，它能分裂成皮肤细胞、血细胞、骨细胞、肌肉细胞、神经细胞、肺部细胞。

随着DNA技术不断发展，西莉亚团队培育出了一批奇特的混血代孕胚胎——家养山羊与最后的布卡多母山羊的结合。科学家们祈祷她们的子宫会接受重建和分裂的卵子。2003年，他们将一百五十四颗克隆胚胎——卵壳里含有西莉亚的DNA——植入四十四只代孕山羊的子宫。其中有七只成功受孕，而在这七只中，只有一只坚持到了生产。孩子出生于2003年七月三十日，他有三个母亲：代孕山羊，提供卵子的山羊和神奇的布卡多山羊。然而，从遗传学角度来说，这只幼崽完全是比利牛斯野山羊的后代。就这样，在那棵树倒在西莉亚身上一千三百天后，她的类群起死回生——时长大约七分钟。

小布卡多的尸检照片与猛犸象尤卡的照片有着奇怪的相似之处，当这头冻死的年幼猛犸象在冻土层中被发现时，身上还留有毛发。这只新生的小布卡多还是潮湿的，带着莫名的可爱侧躺着，看上去像是永恒的。她的腿看起来很强壮，很有活力，就像是已经准备跳起来跑了。她所有的系统都很正常，除了她娇小的肺部。

在她母亲的子宫里，克隆羊的肺细胞错误地分裂出了一片可怕的额外的肺叶，卡在她新生的喉咙里。这孩子生来缺氧，很快就窒息而死了。肺部似乎是克隆哺乳动物最棘手的部分；它也是杀死绵羊多莉的原因。想来也恰当，在实验室里重新创造一个生命，最困难的便是如何让她呼吸。

尽管很少被使用，这个用来表达让尽头不再是尽头的词语已经存在了好几十年——“逆灭绝”（De-extinction）——第一次出现在1979年的一部科幻小说里，一个活在未来世界的魔术师将家猫凭空变了回来。但是当西莉亚团队向《动物生殖学》报告他们的发现时，他们并没有使用这个词。从宇宙学到古生物学等多个领域的论文里都用过这个词，但在布卡多灭绝后的十多年里，这个词几乎只在科幻小说里被广泛使用。麦克阿瑟天才奖谴责这个术语的吊诡之处，称它“写出来就很痛苦，更不用说大声说出来了”。但最终，这个词被人们记住了。

2013年，《国家地理》的一篇文章第一次用到了“逆灭绝”这个词，它大受欢迎。为了庆祝这个词的诞生，以及它所代表的人类标记动物生命的新方式，该杂志在总部举办了一次峰会，会上的讲座有四种主题：“谁”“如何”“为何/为何不”“野生重生”。在“如何”这个版块，奥德萨国家野生动物园的野生动物主管讲述了西莉亚的传奇。当他用卡斯蒂利亚口音称西莉亚的孩子为“第一个逆‘咩’绝化的成果”时，人们用力鼓掌。主管低下头，显然很紧张。在他的身后，投影着那个克隆小家伙的形象，刚从她的混血母亲那里出生，在主管戴着乳胶手套的手中呜咽着。克隆羊伸出舌头，舔了舔嘴角。

当天上午早些时候，一名澳大利亚古生物学家坦言，尽管他出生在袋狼灭绝九年后，但他一辈子都对这种动物念念不忘。“我们杀死了这些动物，”他对观众说，“我们把看到的每一只都射杀了。我们杀了他们。我认为我们在道义上有责任去看看我们究竟能对此做什么。”然后他解释了他是如何在博物馆标本的牙齿中检测到 DNA 碎片的。他发誓要率先发明从袋狼牙齿的碎片中提取基因密码的技术，然后重建碎片，使其成为完整的细胞核，最后找到一个可行的宿主子宫，让袋狼的蛋在那里孵化——也许是在某只袋獾的体内。

这位古生物学家的研究项目被命名为“拉撒路计划”，他们在前几年宣布成功克隆了胃育蛙的细胞。细胞只分裂了几天就死了，但这不能浇灭他的热情。“请拭目以待，”他说，“我想我们会让这只青蛙再次活蹦乱跳地来到这个世界。”

在随后的会议上，一位来自圣克鲁兹岛的年轻研究员概述了一项能让人类“亲眼见到旅鸽重新发现自己”的计划。他说，在逆灭绝之后，这些鸟类仍然需要学习飞行。那为什么不训练信鸽飞行旅鸽的路线呢？为了使小旅鸽相信他们是在跟着自己的同类，这位年轻的科学家建议在信鸽身上涂上蓝色和猩红色的化妆染料。

那天下午，巨型动物基金会的主席提到，他们正从中世纪的故事乃至肖维岩洞三万年前的岩画中寻求帮助，意在复活野牛群。大会指导委员会主席在演讲结束时满怀期望地总结道："我们可以考虑将那些被我们完全杀死的物种，带回这个想念他们的世界。"一位哈佛大学的遗传学家暗示，老鼠的DNA可以被改造，使门牙从颌线上长出来，直到突出嘴巴，像獠牙一样。他说，这种DNA拼接可以帮助填补我们在重组猛犸象基因过程中七零八落的空白。

这段演讲之后不久，一位罕见的反对者——来自罗格斯大学的保护生物学家——向大家发表了讲话："在这个非常时刻，勇敢的保护主义者正在冒着生命危险，保护数量日益减少的现存非洲象群免受全副武装的偷猎者的伤害，而我们却在这个安全的礼堂里，谈论着将长毛猛犸象带回来的事情；想想吧。"

但到底有什么好想的？在这样的时刻，思考这件事能为我们带来什么呢？我们深陷在全新世灭亡的泥沼中，苦苦思索着新词，提醒我们还剩下什么。这些言论——奢侈的计划，巨大的白日梦，对物种的想念——不仅仅是思想，它们确认了我们自身基因组里的某种特性。也许我们略微察觉到了，只是将其悬置一旁。当人类锻造的工具第一次将野兽的背部切开时，就发现了这个孤独细胞的核心，然后这个细胞开始分裂——现在每个站在舞台上做着梦的科学家都是这个原子所发出的孤独的呼喊。

我们杀死动物，然后想念他们。忘记他们的力量，用我们荒诞的力量从废墟中重建一些不真实的东西。每一次演讲，在那一刻都是关于人类理解力的一首小小的咏叹调，但这些想法远远超出了思考的范围。

而就在此时，在亚特兰大的一个生物实验室里，地球上的最后一只巴拿马树蛙正躲着饲养员。这只小尽头的绰号是“难题”，它已经七年多没发出声音了。

而就在此时，老诺拉和安加利夫——仅存六头北白犀中的两头——站在圣地亚哥野生动物园的泥土上，只剩下不到二十四个月的生命了。他们的饲养员已经采集了安加利夫的精子，也将提取诺拉的卵子，样本会被存放在一个已经对约一万个物种的细胞进行分类保存的实验室里。这是一种不断增长的趋势——这种新型的方舟、动物园或动物百科书——它有一个新的名字：冰冻动物园。

地球上的其他北白犀则为了防止偷猎者的觊觎而被剃了角，在肯尼亚的奥佩杰塔自然保护区的武装看护下散着步。西莉亚著名的细胞在远离佩尔迪多山的低温状态下嗡嗡作响，等待着接下来会发生的事。

而就在此时，在西伯利亚的西北部，一个有远见的俄罗斯人正在开辟一片空间来拯救世界。他说，随着永久冻土层的融化，会有大量表面碳灾难性地进入大气。为了将有害气体留在坚硬的土地里，俄罗斯人和他的团队想把冻土带变回猛犸象大草原：恢复草地，重新引入古老的巨型动物，这些动物会踩踏泥土，照料草地，让冬天的雪渗入地下以冷却深层泥土。他发誓说，重新引入野兽会让冻土地带恢复如昔。

他提出，每平方公里的土地上会有“五头野牛、八匹马和十五头驯鹿”，这些动物都已经被运到了他的“更新世公园”。它们的祖先在数万年前就生活在这里。最后，一旦科学进步了，他会在每平方公里的土地上培育出一头大象和猛犸象的混血儿。

接着就会出现这样一幅画面：几辆巨大的卡车沿着科雷马河行驶——车轮在这片猛犸象曾经跑过数百英里的空旷土地上腾腾翻滚。卡车的货舱门打开的那一刻，俄罗斯人看到一个生物——不完全是尤卡，但肯定不是大象——缓慢地走进了草丛。她迈出了接近五百英里的第一步，从三千六百年前最后一头猛犸象倒下的岛屿，笔直地穿过北冰洋，到达这里。

俄罗斯人的做法——制造新的野兽，让它们踩在新的土地上——有了一个新的标签，这世界的一切都是新的。人们将这个新词念出来，抛向安全的观众席，在自然威胁的驱动下，带着重新来过的希望。

这个新的词语便是“再野生”（re-wilding）。

塞西尔

Cecil

安哥拉狮

2015

美联社：您对这件事[①]的发生表示了后悔，您是后悔杀死了这头狮子，还是因为被卷进了这个旋涡而悔不当初？

沃尔特·帕尔默医生：我已经对此做出了初步说明，我会坚持之前的说法，懂吗？很显然，如果我早就知道这头狮子有名字，并且对这个国家或某项研究来说如此重要，我肯定不会这么干。

《明尼阿波利斯明星论坛报》：你是否知道，比如……

沃尔特·帕尔默医生：前前后后，我们中没有人知道这头狮子的名字。[②]

① 2015年，深受喜爱的传奇狮王塞西尔在津巴布韦被诱捕并杀害，在此之前，他一直处于牛津大学研究小组的追踪和研究之下。狩猎者沃尔特·帕尔默（Walter Palmer）声称他并不知道猎杀的狮子的名字，并因其行为符合津巴布韦当地的规定而免遭指控。此事在国际上引起了强烈的震动和广泛的谴责。

② 此段对话节选自美联社与《明尼阿波利斯明星论坛报》对沃尔特·帕尔默的联合采访。

将他们全部收集起来！

参考文献

全书参考文献：

Barber, Richard. *Bestiary*. Rochester, NY: Boydell & Brewer, 1992.

Barnes, Jonathan. *The Complete Works of Aristotle: the Revised Oxford Translation*. Princeton, NJ: Princeton University Press, 1984.

Berger, John. " Why Look at Animals? " *About Looking*. New York: Vintage, 1992.

Chaline, Eric. *Fifty Animals That Changed the Course of History.* Richmond, Ontario: Firefly Books, 2015.

Cummins, John. *The Hound and the Hawk: The Art of Medieval Hunting.* New York: St. Martin's, 1988.

Curley, Michael J., trans. *Physiologus*. Chicago: University of Chicago Press, 2009.

Kaloff, Linda. *Looking at Animals in Human History*. London: Reaktion Books, 2007.

Pliny the Elder. *Natural History.* Translated by Harris Rackham. Cambridge: Harvard University Press, 1938.

尤卡：

Barcroft TV. " Lion Attacks Elephant: Brutal Kill Caught on Camera. " YouTube video, 01:22. Posted January 20, 2014.

Blaszczak-Boxe, Agata. " Woolly Mammoth Mummy Yields Well-Preserved Brain. " *Live Science*, November 7, 2014.

Cave of Forgotten Dreams. Directed by Werner Herzog. Orland Park,

IL: MPI Home Video, 2011. DVD.

Cohen, Tamara. "The Amazing Ginger Mammoth." *Daily Mail*, April 4, 2012.

Guthrie, R. Dale. *Frozen Fauna of the Mammoth Steppe*. Chicago: University of Chicago Press, 1990.

Guthrie, R. Dale. *The Nature of Paleolithic Art*. Chicago: University of Chicago Press, 2005.

Human Planet. "Stealing Meat From Lions." Discovery Channel Online video, 02:25.

Larmer, Brook. "Of Mammoths and Men." *National Geographic*, April 2003. Accessed June 22, 2016.

Rudaya, Natalia, Svetlana Trofimova, Plotnikov Valerii Valerievich, and Snezhana Zhilich. "Landscapes of the 'Yuka' Mammoth Habitat: A Palaeobotanical Approach." *Review of Palaeobotany and Palynology* 14(March 2015): 1—8.

"Meet Yuka, Siberia's Latest Star With Strawberry Blonde Hair, Discovered in the Ice By Tusk Hunters." *Siberian Times*, April 7, 2012. Accessed June 22, 2016.

Thurman, Judith. "First Impressions." *New Yorker*, June 23, 2008.

Trinkaus, Erik, and Jiří Svoboda. *Early Modern Human Evolution in Central Europe: the People of Dolní Věstonice and Pavlov.* Oxford: Oxford University Press, 2006.

Walker, Tim. "Woolly Mammoth: Secrets from the Ice." *BBC Nature*, April 5, 2012.

古比奥之狼：

Badke, David. "Wolf." *The Medieval Bestiary: Animals in the Middle*

Ages. January 15, 2011.

" St. Francis of Assisi. " *Catholic Encyclopedia Online.*

Trevisa, John. *On the Properties of Things: John Trevisa's Translation of Bartholomaeus Anglicus De Proprietatibus Rerum*. Oxford: Clarendon Press, 1988.

House, Adrian and Karen Armstrong. *Francis of Assisi: A Revolutionary Life.* Mahwah, NJ: Paulist Press, 2003.

Lopez, Barry. *Of Wolves and Men*. New York: Scribner, 2004.

Murray, Wendy. *A Mended and Broken Heart: the Life and Love of Francis of Assisi*. New York: Basic Books, 2008.

Okey, Thomas, trans. *The Little Flowers of Saint Francis*. Mineola, NY: Dover, 2003.

甘达：

Bartrum, Giulua. *Albrecht Dürer and His Legacy*. Princeton: Princeton University Press, 2003.

Bremer-David, Charissa. " Animal Lovers Are Informed. " In *Oudry's Painted Menagerie: Portraits of Exotic Animals in Eighteenth-Century Art*, edited by Mary Morton, 91—104. Los Angeles: Getty Museum, 2007.

" Number 75: Dürer's ' Rhinoceros ' . " *A History of the World in 100 Objects*. BBC Online, 2010.

Bubenik, Andrea. *Reframing Albrecht Dürer: The Appropriation of Art 1528—1700*. Surrey, UK: Ashgate, 2013.

Clarke, T.H. *The Rhinoceros from Dürer to Stubbs, 1515—1799*. London: Philip Wilson Publishers, 1988.

British Pathé. "Dalí Paints Rhino 1955." YouTube video, 00:39. Posted April 13, 2014.

Dalí, Salvador. *Dalí on Modern Art: The Cuckolds of Antiquated Modern Art*. Translated by Haakon M.Chevalier. Mineola, NY: Dover, 1996.

Dalí, Salvador. *Diary of a Genius*. New York: Doubleday, 1965.

Eisler, Colin. *Dürer's Animals*. Washington, DC: Smithsonian, 2001.

Enright, Kelly. *Rhinoceros*. London: Reaktion Books, 2008.

Gibson, Ian. *The Shameful Life of Salvador Dalí*. New York: Norton, 1998.

Masterpieces of the British Museum: Dürer's Rhinoceros. London: Quantum Leap Video, 2007. DVD.

Latham, Robert, trans. *The Travels of Marco Polo*. New York: Penguin, 1958.

Prinz, Jesse. "Dürer's *Rhinoceros*: Art, Exotica, and Empire." *Artboullion,* January 3, 2015.

Quammen, David. *The Boilerplate Rhino: Nature in the Eye of the Beholder.* New York: Scribner, 2000.

Ridley, Glynis. *Clara's Grand Tour: Travels with a Rhinoceros in Eighteenth-Century Europe*. New York: Grove, 2004.

Russell, Francis. *The World of Dürer.* New York: Time Life Education, 1967.

Salley, Victoria. *Nature's Artist: Plants and Animals by Albrecht Dürer.* New York: Prestel Verlag, 2003.

Spinks, Jennifer. *Monstrous Births and Visual Culture in Sixteenth Century Germany*. New York: Routledge, 2009.

Strauss, Walter, ed. *The Complete Engravings, Etchings, and Dry Points of Albrecht Dürer*. New York: Dover 1972.

萨克森：

Adams, Joseph Quincy. *A History of English Theaters from the Beginning to the Restoration*. New York: Houghton Mifflin, 1917.

"Anecdotes of Bear Baiting." *The Gentleman's Magazine* 103 (June 1833): 486.

Baldwin, Elizabeth. "But Where Do They Get the Bears?: Animal Entertainments in Sixteenth-and Seventeenth-Century Cheshire." Paper presented at the SITM Colloquim, Groningen, Netherlands, July 2—7, 2001.

Chambers, Robert. "Bear Baiting." *The Book of Days,* Volume 2. Philadelphia: Lipincott, 1899.

Fudge, Erica. *Perceiving Animals: Humans and Beasts in Early Modern Culture*. Chicago: University of Illinois Press, 2002.

Hoffle, Andreas. "Sackerson the Bear." *REAL: Yearbook of Research in English and American Literature*. Edited by Herbert Grabes, 161-175. Gottinger, Germany: Hubert & Company, 2001.

Mabillard, Amanda. "Entertainment in Elizabethan England." *Shakespeare Online*, August 20, 2000. Accessed June 21, 2016.

Morris, Sylvia. "Exit, Pursued By a Bear? Bear-baiting in Shakespeare's London." *The Shakespeare Blog*. January 13, 2013.

Nott, J. Fortune. "Bears." *Wild Animals, Photographed and Described*. London: Crown, 1886.

Walford, Edward, ed. "London Theatres." *The Antiquary* 12(July 1885): 44—48.

Wheatley, H. B. *London Past and Present*. London: Scribner, 1891.

杰弗里：

Curry, Neil. *Christopher Smart*. Devon: Northcote House, 2005.

Hawes, Clement, email interview with the author, May 13, 2014.

Mounsey, Chris. *Christopher Smart: Clown of God*. Lewisburg: Bucknell University Press, 2001.

Smart, Christopher. "For I Will Consider My Cat Jeoffry." *The Penguin Book of English Verse*. Edited by PJ Keegan. London: Penguin, 2004.

——. *The Poetical Works of Christopher Smart, I: Jubilate Agno.* Edited by Karina Williamson. Oxford: Clarendon, 1980.

明星鸟：

Ashoori, Aidin and Joeseph Jankovic. "Mozart's Movements and Behaviour: A Case of Tourette's Syndrome?" *Journal of Neurology and Neurosurgery* 78, no.11(November 2007): 1171—1175.

Chaiken, Marthalea, Jorg Bohener, and Peter Marler. "Song Acquisition in European Starlings, *Sturnus vulgaris.*" *Animal Behaviour* 46, no.6(December 1993): 1079—1090.

Deutch, Otto Eric. *Mozart: A Documentary Biography.* Redwood City, CA: Stanford University Press, 1966.

Feare, Christopher. *The Starling*. Oxford: Oxford University Press, 1984.

Gutman, Robert W. *Mozart: A Cultural Biography*. New York: Harcourt Brace, 1999.

Harer, Ingeborg. "Musical Venues in Vienna, Seventeenth Century to Present." *Performance Practice Review* 8(Spring 1995): 83—92.

Karhausen, Lucien. *The Bleeding of Mozart: A Medical Glance into His Life, Illness, and Personality*. Bloomington, IN: Xlibris, 2011.

Keim, Brandon. "Starling Flocks Behave Like Flying Magnets." *Wired*, March 13, 2012.

——. "The Startling Science of a Starling Murmuration." *Wired*, November 11, 2011.

Robbins Landon, H. C., ed. *The Mozart Companion: A Guide to Mozart's Life and Music*. New York: Schirmer, 1990.

Marler, Peter and Hans Slabbekoorn. *Nature's Music: The Science of Birdsong*. Oxford, UK: Elsevier, 2004.

Rothenberg, David. "Why You Can't Teach a Starling to Sing." National Wildlife Federation online, April 1, 2006.

Ross, Alex. "The Storm of Style." *Listen to This*. New York: Farrar, Straus and Giroux, 2010.

Spaethling, Robert. *Mozart's Letters, Mozart's Life*. New York: Norton, 2000.

Stafford, William. *Mozart's Death: A Collective Survey of the Legends*. London: Macmillan, 1991.

Stap, Don. *Birdsong: A Natural History.* New York: Scribner, 2005.

The Pl Pdesign. "Starling song over fve minutes straight." Youtube video, 05:55. Posted April 20, 2014.

Tyson, Alan. *Mozart: Studies of the Autograph Scores*. Cambridge, MA: Harvard University Press, 1990.

Wakin, Daniel J. "After Mozart's Death, an Endless Coda." *New York Times*, August 24, 2010.

West, Meredith J., and Andrew King. "Mozart's Starling." *American*

Scientist 78(March-April 1990): 106—114.

Wright, Craig. *Listening to Music*. 7th Ed. Boston: Cengage 2013.

哈丽特：

Australia Zoo. "Harriet: Our Famous and Much-Loved Giant Galápagos Tortoise."

Benchley, Peter. "Galápagos: Paradise in Peril." *National Geographic*, April 1999.

"Brisbane Flood of 1893 Left Most of Metropolis in Ruins." *Sydney Daily Mirror*, May 31, 1985.

Chambers, Robert. *A Sheltered Life: The Unexpected History of the Giant Tortoise*. Oxford: Oxford University Press, 2006.

Darwin, Charles. *Autobiographies*. New York: Penguin, 2006.

——. *The Voyage of the Beagle*. New York: Penguin, 1989.

Darwin, Francis, ed. *The Life and Letters of Charles Darwin.* Project Gutenberg, 2013.

Fleay, David. *Living With Animals*. Melbourne: Lansdowne Press, 1960.

Stewart, Robin. *Darwin's Tortoise*. Melbourne: Black Publishing 2005.

Townsend, Charles Haskins. *The Galápagos Tortoises and Their Relation to the Whaling Industry: A Study of Old Logbooks*. New York: New York Zoological Society, 1925.

White, Gilbert. *Portrait of a Tortoise: Extracted from the Books and Letters of Gilbert White.* London: Chatto and Windus, 1946.

Williams, Brian. "Harriet's 92 Million Minutes of Fame." *Brisbane Courier Mail*, October 10, 2005.

Young, Peter. *Tortoise*. London: Reaktion Books, 2003.

战鸽：

American Battle Monuments Commission. *77th Division: Summary of Operations in the World War*. Washington: US Government Printing Office, 1944.

Blechman, Andrew. *Pigeons: The Fascinating Saga of the World's Most Revered and Reviled Bird.* New York: Grove, 2007.

"Coos and Kudos to Greet 'Anti-red' Pigeon Who Flew Message Through the Iron Curtain." *New York Times*, August 1, 1954.

Cummings, Richard. *Cold War Radio: The Dangerous History of American Broadcasting in Europe.* London: McFarland, 2009.

——. *Radio Free Europe's "Crusade for Freedom."* London: McFarland, 2011.

Dash, Mike. "Closing the Pigeon Gap." *Smithsonian* online, April 17, 2012.

Ferrell, Robert. *Five Days in October: The Lost Battalion of World War I.* Columbia, MO: University of Missouri Press, 2005.

Fisher, John. *Airlift 1870: The Balloon and Pigeon Post in the Siege of Paris*. London: M.Parrish, 1965.

Hayhurst, Jay. *The Pigeon Post into Paris 1870—1871*. Middlesex, UK: Ashford Press, 1970.

"Heroine Pigeon Now a 'Citizen'." *New York Times*, August 23, 1954.

Horne, Alistair. *The Fall of Paris: The Siege and the Commune 1870—71*. New York: Penguin, 2007.

"Iron Curtain Bird Here on Crusade." *New York Times*, August 2, 1954.

Johnson, Thomas, and Fletcher Pratt. *The Lost Batallion*. New York: Bobbs-Merrill, 2000.

Lawrence, Ashley. "A Message Brought to Paris by Pigeon Post in 1870—71."

National Archives. "Pigeon Message from Capt. Whittlesey to the Commanding Officer of the 308th Infantry."

Navrozov, Andrei. "Popping Balloons." *Chronicles*, September 3, 2014.

Stevens, Lucy. "Siege of Paris: Pigeon Post and Balloon Mail." Paris Pigeon Post. Last modified April 26, 2011.

Syria Homs. "Syria-Homs-Bab Sbaa-20120211-People of Baba Amr homing pigeons to send messages." Youtube video, 05:17. Posted May 2, 2012.

"Syrians Send Messages via Carrier Pigeons in Homs." *London Telegraph*, February 14, 2012.

Vanderbilt, Tom. "A Wing and a Prayer." *Cabinet* 11(June 2003).

Weiss, Robert. *Enemy North, South, East, West: a Recollection of the "Lost Battalion" at Mortain, France*. Portland, OR: Strawberry Hill Press, 1998.

金宝二世:

Adams, Edward Dean. *Niagara Power: History of the Niagara Falls Power Company, 1886—1918*. New York: Bartlett, 1927.

Allwood, John. *The Great Exhibitions*. London: Studio Vista, 1977.

Barry, Richard. *Snapshots on the Midway*. Buffalo: R. A. Reid, 1901.

Circus Historical Society. "*Billboard* Excerpts 1901—1903." Last modified December 2011.

Brandon, Craig. *The Electric Chair: An Unnatural American History*. London: McFarland, 1988.

Chambers, Paul. *Jumbo*. Hanover, NH: Steerforth Press, 2008.

Conklin, George, and Harvey Woods Root. *The Ways of the Circus: Being the Memories and Adventures of George Conklin, Lion Tamer*. New York: Harper, 1921.

"Coroners' Inquests: Death of the Elephant Hannibal." *New York Times*, June 2, 1865.

Daly, Michael. *Topsy*. New York: Atlantic Monthly Press, 2013.

Davis, Edwin F. *Electrocution Chair.* US Patent 587,649, filed January 6, 1897 and issued August 3, 1897.

Doing the Pan. "This Day in 1901 Archives." http://panam1901.org/sitemap.htm.

Dunlap, Orrin E. "Inauguration of the Niagara-Buffalo Power Transmission." *Electrical Engineer* 22 (November 25, 1896): 540—542.

"Electricity for Executing Criminals." *Scientific American* 52 (February 14, 1885): 101.

Essig, Mark. *Edison and the Electric Chair: A Story of Light and Death.* London: Walker Books, 2005.

Friedel, Robert and Paul Israel. *Edison's Electric Light: The Art of Invention*. Baltimore: Johns Hopkins University Press, 2010.

"A Furious Elephant." *Sacramento Daily Union*, March 26, 1896.

Goldman, Mark. *High Hopes: The Rise and Decline of Buffalo, NY.* Albany: SUNY Press, 1983.

Goodwin, G.G. "The First Living Elephant in America." *Journal of Mammology* 6, no.4(November 1925): 256—263.

"'Gypsy' to Fight Spain." *Chicago Tribune*, January 1, 1897.

"How Much Current to Kill an Elephant?" *Scientific American* 60(January 10, 1889): 18.

Jonnes, Jill. *Empires of Light: Edison, Tesla, Westinghouse and the Race to Electrify the World*. New York: Random House, 2004.

"Jumbo II, Enormous Elephant at Bostock's." *American Journal of Education*(August 29, 1901): 147.

"Killing Cattle by Electricity." *Scientific American* 48(March 24, 1883): 184.

"A Man Killed by the Elephant Hannibal." *Sacramento Union*, October 28, 1862.

Marvin, Carolyn. *When Old Technologies Were New: Thinking about Electric Communication in the Late Nineteenth Century*. Oxford: Oxford University Press, 1988.

McNichol, Tom. *AC/DC: The Savage Tale of the First Standards War.* Hoboken, NJ: Wiley and Sons, 2006.

Moran, Richard. *The Executioner's Current*. New York: Knopf, 2002.

"National Archives to Display King of Siam Letter to US President." National Archives Press release, September 23, 1999.

Ogden, Tom. *Two Hundred Years of the American Circus*. New York: Facts on File, 1993.

"Pan-American Exposition of 1901." SUNY Buffalo. http://library.buffalo.edu/pan-am.

Rauchway, Eric. *Murdering McKinley: The Making of Theodore Roosevelt's America*. New York: Hill and Wang, 2003.

Ray City History. "Bloody History of Gypsy the Elephant." March 7,

2012.

Rydell, Robert W. *All the World's a Fair: Visions of Empire at American International Expositions, 1876—1916*. Chicago: University of Chicago Press, 1984.

Tobias, Richard. *Behemoth: The History of the Elephant in America*. New York: Harper Perennial, 2013.

"Twin Elephants Born." *New York Times*, June 25, 1903.

"Two Thousand Two Hundred Volts Fail to Kill Jumbo at Buffalo Exposition." *San Francisco Call*, November 10, 1901.

"Ugly Elephant Kills a Keeper." *Chicago Tribune*, April 26, 1901.

Wittman, Matthew. "Mandarin and the Strangling of Circus Elephants." February 17, 2014.

Wood, Amy Louis. "Killing the Elephant: Murderous Beasts and the Thrill of Retribution." *Journal of the Gilded Age and Progressive Era* 11, no.3(July 2012): 405—444.

四骑士:

"2012 Rolex Kentucky CCI****-Helmet Cam Analysis." Youtube video, 19:20. Posted May 2, 2012.

"Berlin's Wonderful Horse." *New York Times*, September 4, 1904.

"Clever Hans Again: Expert Commission Decides that the Horse Actually Reasons." *The London Standard*, September 13, 1904.

Gothamist. "Carriage Horse Being Restrained After Crash." Vimeo video, 00:23. Posted August 16, 2012.

McFawn, Monica. Skype interview with author. January 18, 2016.

Mister Ed: the Complete Series. Directed by Arthur Lubin. 1961—1966. Shout Factory, 2014. DVD.

Newman, Andy. " Three Are Injured When Horse Sheds Coach in Manhattan." *New York Times*, August 16, 2012.

Payne, Doug. " From Scratch to 4* Eventer in 18 mins." Youtube video, 18:50. Posted July 2, 2012.

Pfungst, Oskar. *The Horse of Mr. Von Osten: A Contribution to Experimental Animal and Human Psychology*. Translated by Carl L. Rahn. Project Gutenberg, 2010.

Pilliner, Sarah, and Samantha Elmhurst. *The Horse in Motion*. Hoboken, NJ: Wiley-Blackwell, 2002.

Reeve, Christopher. *Still Me*. New York: Random House, 1998.

Strahan, Tracie. " Spooked Horse ' Oreo ' Recovering After Columbus Circle Accident." NBC 4 New York, August 17, 2012.

A Wild Equus. " Clever Hans the Wonder Horse." May 27, 2012.

Williams, Wendy. *The Horse*. New York: Scientific American/Farrar, Straus and Giroux, 2015.

Yee, Vivian. " Draft Horse that Bolted May End Up on Easy Street." *New York Times*, August 17. 2012.

Young, Alan. *Mister Ed and Me*. New York: St. Martin's, 1994.

麦克:

" All in the Neck," *Time*, October 29, 1945.

" Beheaded Chicken Calmly Lives On." *Salt Lake Tribune*, September 19, 1945.

" The Chicken that Lived Eighteen Months Without a Head. " *BBC News Magazine*, September 10, 2015.

Crew, Bec. " Meet Miracle Mike, the Chicken Who Lived for 18 Months Without His Head. " *Scientific American*(blog), September 26 2014.

" Headless Rooster, " *Life*, October 22, 1945.

Katzman, Rebecca. " Here's Why a Chicken Can Live Without Its Head. " *Modern Farmer*, August 11, 2014.

Lloyd, John, and John Mitchinson. *The Book of General Ignorance*. 3rd Ed. London: Faber and Faber, 2010.

The Natural History of the Chicken. Directed by Mark Lewis. PBS Video, 2001. DVD.

阿拉贝拉：

Beccaloni, Jan, and Trudy Brannan. *Arachnids*. Oakland, CA: University of California Press, 2009.

Burgess, Colin, and Chris Dubbs. *Animals in Space from Research Rockets to the Space Shuttle*. New York: Springer, 2007.

Edson, Lee. " Skylab: No News Is Very Good News. " *New York Times*, September 9, 1973.

Hitt, David, Owen Garriott, and Joe Kerwin. *Homesteading Space: The Skylab Story.* Lincoln, NE: Bison Books, 2011.

NASA. " 40th Anniversary of Skylab. " Youtube video, 55:08. May 13, 2013.

" One Spider, Several Minnows Home from Skylab. " *Washington Post*, September 25, 1973.

Portree, David, and Robert C. Trevino. *Walking to Olympus: an EVA*

Chronology. Washington, DC: NASA History Office, 1987.

“Space Spiders Eat Well.” *Bangor News*, August 10, 1973.

Smithsonian. “Spider, ‘Arabella,’ Skylab 3.”

——. “Spider Cage, Experiment ED52, Skylab 3.”

“Space Spider Dies, Astros Remain Fit.” *Lodi News-Sentinel*, September 17, 1973.

Summerlin, Lee B., ed. *Skylab, Classroom in Space.* Langley, VA: NASA Science and Technical Information Office, 1977.

——. *Skylab, Our First Space Station*. Langley, VA: NASA Science and Technical Information Office, 1977.

“Tests by Skylab Spiders Hint Man’s Adaptability.” *New York Times*, September 30, 1973.

When We Left Earth: The NASA Missions. Discovery Channel Video, 2008. DVD.

Wilford, John Noble. “Two Skylab Astronauts Set Records for Space ‘Walks.’ ” *New York Times*, August 10, 1973.

——. “Astronauts Settle Down to Routine Jobs.” *New York Times*, August 8, 1973.

Witt, Peter, Mabel B. Scarborough and Rubenia Daniels. “Spider Web-Building in Outer Space: Evaluation of Records from the Skylab Experiment.” *Journal of Arachnology* 4(1977): 115—124.

Zschokke, Samuel. “Early Stages of Orb Web Construction in *Araneus Diadematus*.” *Revue Suisse de Zoologie*(August 1996): 709—720.

Zschokke, Samuel, and Kensuke Nakata. “Vertical Asymmetries in Orb Webs.” *Biological Journal of the Linnean Society* 144, no.3(March 2015): 659—672.

兰斯洛特：

"'Humphrey the Whale' News Reports" Filmed October 1985. YouTube video. Posted January 2009.

Paddock, Richard. "Hundreds Cheer Whale: Wrong Way Humphrey Finally Returns to Ocean." *Los Angeles Times*, November 8, 1985.

Pike, Rayner. "Unicorn Verdict: It's a Goat." Associated Press, April 11, 1985.

Rubenstein, Steve. "Humphrey Caught the Imagination of Thousands." *San Francisco Gate*, May 17, 2007.

Schanberg, Sydney H. "New York: The Land of Hustle and Con." *New York Times*, April 13, 1985.

Vettel, Phil. "Telling the Living Truth About the Unicorn." *Chicago Tribune*, October 18, 1985.

Zell, Timothy G. *Surgical procedure*. US Patent 4, 429,685, filed July 14, 1982 and issued February 7, 1984.

可可：

Associated Press. "Efforts to Teach Chimps Draws Mixture of Results." *Tuscaloosa News*, November 2, 1980.

Morin, Roc. "A Conversation with Koko the Gorilla." *Atlantic Monthly*, July/August 2015.

Nature Presents: A Conversation with Koko. DVD. 1999; Chicago: Questar Video, 2004.

Patterson, Francine, and Eugene Linden. *The Education of Koko*. New York: Holt, Rinehart and Winston, 1981.

Patterson, Francine, and Ronald H. Cohn. "Language Acquisition by a Lowland Gorilla." *Word* 41, no.2(1990).

"Transcript of the Chat with Koko, 4/27/98." *University of New Hampshire*.

Wise, Steven M. *Drawing the Line: Science and the Case for Animal Rights.* Cambridge, MA: Perseus Books, 2002.

奥萨马：

Associated Press. "Jaguar Had Violent Brother." *Denver Post*, February 26, 2007.

Blomfield, Adrian. "Osama, Terror of Lake Victoria, is Caught at Last." *London Telegraph*, March 13, 2005. Accessed June 16, 2016.

Caputo, Philip. *Ghosts of Tsavo: Stalking the Mystery Lions of East Africa*. Washington, DC: National Geographic Adventure Press, 2002.

Conroy, Scott. "Elephant Named After Bin Laden Shot Dead." *CBS News Online*, December 17, 2006.

Graham, Alistair, and Peter Beard. *Eyelids of Morning: The Mingled Destinies of Crocodiles and Men*. New York: A&W Visual Library, 1973.

Kruuk, Hans. *Hunter and Hunted: Relationships Between Carnivores and People*. Cambridge: Cambridge University Press, 2002.

Mitchell, Kirk. "Zoo Mourns Mauled Keeper." *Denver Post*, February 24, 2007.

"Osama's Rampage Ends in Capture." *Washington Times*, March 12, 2005.

Orizio, Riccardo. "Idi Amin's Exile Dream." *New York Times*, August 21, 2003.

Patterson, John Henry. *The Man-Eaters of Tsavo*. New York: Macmillan, 1908. Ebook edition.

Quammen, David. *Monster of God*. New York: Norton, 2003.

Tucker, Abigal. “The Most Ferocious Man-Eating Lions.” *Smithsonian Online*, December 16, 2009.

Winch, Gordon. *Conquering Comprehension Book 6.* Glebe, Australia: New Frontier Publishing, 2011. Ebook edition.

Wylie, Dan. *Crocodile*. London: Reaktion Books, 2013.

西莉亚：

Archer, Michael. 2013. “Second Chance for Tasmanian Tigers and Fantastic Frogs.” Paper Presented at *TedxDe-extinction*, Washington, D.C., March 15, 2013. *Revive and Restore*.

Bakalar, Nicholas. “Last Mammoths Spent Final Years on Solitary Island.” *New York Times*, May 4, 2015.

Brand, Stewart. “Rethinking Extinction.” *Aeon*, April 21, 2015.

Burrow, Mark. *Nature's Ghosts: Confronting Extinction from the Age of Jefferson to the Age of Ecology.* Chicago: University of Chicago Press, 2009.

Church, George. 2013. “Hybridizing Earth with Extinct Species.” Paper Presented at *TedxDe-extinction*, Washington, D.C., March 15, 2013. *Revivie and Restore.*

http://reviverestore.org/events/tedxdeextinction/.

Church, George. *Regenesis: How Synthetic Biology Will Reinvent Nature and Ourselves*. New York: Basic Books, 2014.

Ehrenfeld, David. 2013. “Extinction Reversal? Don't Count On It.” Paper

Presented at *Tedx De-extinction*, Washington, D.C., March 15, 2013. *Revivie and Restore*.

Ellis, Richard. *No Turning Back: The Life and Death of Animal Species*. New York: Harper Perennial, 2004.

Fernάndez-Àrias, Alberto. 2013. "The First De-extinction." Paper Presented at *Tedx De-extinction*, Washington, D.C., March 15, 2013. *Revivie and Restore*.

Folch, J., Cocero, M.J., Chesné, P., Alabart, J.L., Domínguez, V., Cogni é, Y., Roche, A., et al. "First Birth of an Animal from an Extinct Subspecies (*Capra pyrenaica pyrenaica*) by Cloning." *Theriogenology* 71 : 2009, 1026—1034.

Galasso, Samantha. "When the Last Great Auks Died, It Was by the Crush of a Fisherman's Boot."

Smithsonian, July 7, 2014

Kolbert, Elizabeth. *The Sixth Extinction: An Unnatural History*. New York: Henry Holt, 2014.

Lewis, Danny. "The Last Wooly Mammoths Died Isolated and Alone." *Smithsonian*. May 8, 2015.

Maas, Peter. "Aurochs: *Bos primigenius.*" *The Sixth Extinction*. August 12, 2014.

Novak, Ben. 2013. "How to Bring Passenger Pigeons All the Way Back." Paper Presented at *Tedx De-extinction*, Washington, March 15, 2013. *Revive and Restore*.

O'Connor: M.R. *Resurrection Science: Conservation, De-extinction and the Precarious Future of Wild Things*. New York: St. Martin's, 2014.

Shapiro, Beth. 2013. "Ancient DNA: What it is and What it Could Be." Paper Presented at *Tedx De-extinction*, Washington, March 15, 2013.

Revive and Restore.

——. *How to Clone a Mammoth: the Science of de-Extinction*. Princeton, NJ: Princeton University Press, 2015.

Rich, Nathaniel. "The Mammoth Cometh." *New York Times*, February 27, 2014.

Rincon, Paul. "Fresh Effort to Clone Animal." *BBC News*, November 22, 2013.

Webster, Robert M. and Bruce Erickson. "The Last Word?" *Nature*, April 4, 1996.

"World's Last Polynesian Tree Snail Dies." *Los Angeles Times*, February 1, 1996.

Zimmer, Carl. "Bringing Them Back to Life." *National Geographic*, April 2013.

Zimov, Sergey. "Segey Zimov's Manifesto." *Revive and Restore*, November 25, 2014.

Zitner, Aaron. "Cloned Goat Would Revive Extinct Line." *Los Angeles Times*, December 24, 2000.

塞西尔：

"Full Transcript: Walter Palmer Speaks about Cecil the Lion Controversy." *Minneapolis Star Tribune*, Sept. 7, 2015.

致　谢

再一次，我必须感谢莎拉·戈勒姆和她的团队，我为能与萨拉班德的队伍一起工作而感到无比自豪。

怀汀基金会、俄勒冈文学奖学金和俄勒冈州立大学人文中心对我的写作给予了慷慨的支持，对此我满怀感激。感谢你们使这个项目成为可能。

非常感谢一些期刊和文集中发表了书中某些文章的初稿：《北方文集》（“哈丽特”）、《猫是拼错了的艺术》（“杰弗里”）、《牛津美国》（“阿拉贝拉”）和《弗吉尼亚季刊》（“明星鸟”）。

感谢俄勒冈州立大学写作、文学和电影学院，特别是我就读的创意写作系。特别感谢我的灵魂动物，凶猛的马乔里·桑多尔教授。

在完成这本书的过程里，我向我的朋友和同事问了许多蠢问题，而他们都极为耐心地为我解惑：塔拉·威廉姆斯、丽贝卡·奥尔森、埃文·戈特利布、克莱门特·霍斯、乔伊·福特雷尔、约翰·达加塔、特雷西·道尔蒂、莫妮卡·麦克福恩、贾斯汀·圣·杰曼以及其他许多我日后会想起来并要去当面感谢的人。特别感谢朗达·婕拉尔，她翻译了视频里的语言，供我在“战鸽”一章中写“巴布阿姆鲁鸟”的时候作为参考；以及马克·伯福德，在我写“明星鸟”一章时帮我补充了乐理知识。

很感谢在莫瑞州立大学和俄勒冈州立大学就读艺术硕士的我的学生，他们让我不断思考。

感谢乔恩·刘易斯和艾琳·泰勒·布罗茨基，当我意外地把笔记本电脑和所有笔记都落在离家七十英里的铁轨旁的冰冷门廊上时，是他们救了我。呜呼。

感谢我的家人：帕萨雷洛一家、特克尔一家和凯伦·霍顿；还有卡罗琳·凯西、帕特里克·乔丹、莱利·哈尼克、马修·加文·弗兰克、大卫·康拉德和亚历克西·莫里西，他们每年都变得更像是家人。

历史上最伟大的三个生物万岁：夏琳、科伦坡和沙基。

我每天都很感激大卫·特克尔，他（似乎）不介意在他醒着的大部分时间里和我谈论动物，他就像是只疯狂的狼獾一样守护着我的心和大脑。